# ANNUNAKI

## Aqueles que Desceram do Céu

### Tempos de Antigamente

- Ninurta -

## ÍNDICE

| | |
|---|---|
| CAPÍTULO I ................................................................ | 13 |
| CHAMPS ELYSÉES ..................................................... | 13 |
| NO BURACO DE MINHOCA ........................................ | 14 |
| CAPÍTULO II ............................................................... | 21 |
| O NETO DO REI .......................................................... | 21 |
| GUERREIROS DO REI ................................................. | 24 |
| CAPÍTULO III .............................................................. | 32 |
| UM REI QUE PREVÊ ................................................... | 32 |
| O MAIS FAMOSO DE NIBIRU ..................................... | 35 |
| CAPÍTULO IV ............................................................. | 39 |
| A CURA ...................................................................... | 39 |
| UMA DAMA POUSA EM KI ........................................ | 41 |
| CAPÍTULO V ............................................................... | 52 |
| MÁS NOTÍCIAS À ANZU ............................................. | 52 |
| O DESTINO DOS GUERREIROS .................................. | 55 |
| CAPÍTULO VI ............................................................. | 65 |
| O REI DITA SUA DECISÃO ......................................... | 65 |
| NIBIRU CHORA .......................................................... | 67 |
| CAPÍTULO VII ............................................................ | 72 |
| A SEMENTE DE ENLIL ............................................... | 72 |
| TRAMA DAS VERMELHAS ......................................... | 74 |
| CAPÍTULO VIII ........................................................... | 79 |
| DESTERRADO NAS MONTANHAS GELADAS ............. | 79 |
| AS SETE ARMAS DO TERROR .................................... | 81 |

CAPÍTULO IX .................................................................. 86
O CASAMENTO DO MANDATÁRIO ............................... 86
O PRIMEIRO ANNUNAKI DE KI ..................................... 90
CAPÍTULO X ................................................................... 92
O OURO DA SALVAÇÃO ................................................ 92
ABZU ............................................................................... 93
CAPÍTULO XI .................................................................. 99
FILHAS DO ABZU .......................................................... 99
A MALDIÇÃO DA DAMA DA VIDA ................................. 101
CAPÍTULO XII ................................................................. 108
O CAMINHO DE ENLIL .................................................. 108
ENGENHEIROS DE NIBIRU .......................................... 111
CAPÍTULO XIII ................................................................ 128
DESPEDIDA NO ESPAÇO ............................................. 128
SURPRESA PARA UMA DAMA ..................................... 130
CAPÍTULO XIV ............................................................... 134
UM GUERREIRO EM KI ................................................. 134
NANNAR – O BRILHANTE ............................................. 139
CAPÍTULO XV ................................................................ 165
MENSAGEM DE ANU .................................................... 165
600 EM KI E 300 EM LAHMU ........................................ 166
CAPÍTULO XVI ............................................................... 171
UM NOVO IRMÃO DO GUERREIRO ............................. 171
CLÃS DE KI .................................................................... 175
CAPÍTULO XVII .............................................................. 182
BASE ANJO AMOTINADA ............................................. 182

| | |
|---|---|
| MATADOR DE UM PLANETA | 194 |
| CAPÍTULO XVIII | 220 |
| DESPEDIDA DOS "VELHOS" | 220 |
| AMOTINADOS DO ABZU | 225 |
| CAPÍTULO XIX | 233 |
| SHURUPPAK - NOS JARDINS DO E.DIN | 233 |
| NIBIRUANO COMO EU | 239 |
| CAPÍTULO XX | 243 |
| 13000 ANOS APÓS O DILÚVIO | 243 |
| CAPÍTULO XXI | 246 |
| ANJOS CONJURADOS e os CHEFES DE DEZ | 246 |

# ANNUNAKI

# Aqueles que Desceram do Céu

## Tempos de Antigamente

## Ninurta

1ª Edição
2017

UBIRAJARA UMBUZEIRO

Copyright©, Antonio Ubirajara Bogea Umbuzeiro
ISBN: 978-85-922176-7-9

Para Ubirajara Umbuzeiro Junior,
Pamela Geovana Umbuzeiro,
Ubirajara Umbuzeiro Neto e
Danthielle Rodrigues Umbuzeiro

*Antes dos Tempos Prévios foi o Princípio; depois dos Tempos Prévios foram os Tempos de Antigamente.*

*Nos Tempos de Antigamente, os deuses chegaram à Terra e criaram os terrestres.*

*Nos Tempos Prévios, nenhum dos deuses estavam na Terra, nem se tinha feito ainda os terrestres.*

*Nos Tempos Prévios, a morada dos deuses estava em seu próprio planeta; Nibiru é seu nome.*

*Um grande planeta, avermelhado em resplendor; ao redor do Sol, uma volta alargada faz Nibiru*

ENDUBSAR
*O Escriba Mestre de Eridu, descendente de Adapa*

## CAPÍTULO I
## CHAMPS ELYSÉES

PRELÚDIO

— *Bora* Heitor, o João vai tá lá.

— Não dá, vou ter que ir naquele criador de cavalos árabes perto de Barcelona, ainda esta semana.

— Mas *rapá*, tu e essa paixão por cavalos... não dá pra tu adiar não? Cara nós vamos ver as pirâmides, depois vamos até Petra, *vumbora*...

Os dois primos estavam nos Champs-Elysées, olhando para o Arco do Triunfo em Paris. Uma multidão de pessoas andava por ali. Guilherme tentava convencer o primo Heitor a ir com ele até o Egito encontrar João Artur para juntos passearem pelo Oriente Médio. Mas não estava conseguindo. Heitor era apaixonado por cavalos desde criança. O jovem veterinário de olhos verdes e cabelos loiros tinha um compromisso na Espanha e não queria desistir para ir passear.

— Não *Gui*, não dá, até gostaria de ir com vocês, mas se eu adiar esse compromisso com o pessoal do haras, vai pegar mal pra mim. A gente faz o seguinte, tu vai e na semana que vem quando vocês tiverem indo para Petra eu vou.

— Então tá. O João quer voltar do Egito para o Brasil, mas não vai mesmo, vou fazer ele ir para Petra e depois vamos para o Iraque — Heitor deu um sorriso e ficou olhando para o arco.

— *Bora* voltar pro hotel? — disse Guilherme.

— *Bora* — respondeu Heitor.

## NO BURACO DE MINHOCA

Artur, alternava o olhar; em dado instante olhava para a projeção 4D e em outro olhava para os que estavam a bordo da espaçonave dos nibiruanos.

Continuava não acreditando no que estava acontecendo. Há poucos dias estavam na Esfinge e de repente apareceu alguém *morto há milênios* com uma história fantástica.

Se ele estivesse noutro lugar nunca iria acreditar em alguém dizendo que existira uma civilização mais avançada que a atual humanidade, mas estava ali sendo testemunha, cruzando o espaço numa nave em forma de uma esfera. Negra como o negrume do espaço cósmico. Ela aparecia nitidamente na projeção 4D.

Artur ficou olhando a projeção.

Mas havia uma coisa difícil de assimilar mesmo para alguém muito inteligente e observador como ele. Sempre estudara o sistema solar com os planetas como se eles estivessem um atrás do outro numa sequência.

Mas ali na projeção ele via que não era bem assim, eles não ficavam alinhados como nos livros ou em alguma projeção 3D. Entretanto percebia que a nave era muito veloz, e rapidamente deixava para trás a Terra em direção a Plutão.

Momentos após a saída das proximidades do planeta azul, *"o morto há milênios"* colocara na têmpora de cada "passageiro" um pequeno adesivo.

Eles agora eram telepatas. Pura tecnologia nibiruana.

Mas como ele recebera a transmissão do *cinza* se não estava usando o adesivo de transmissão e recepção? Dúvida que logo seria sanada por Ziusudra.

— Quando vocês quiserem se comunicar é só pensar mais "intensamente" e direcionar a pergunta. No início não será fácil, mas tudo é questão de prática.

— *Pensar "intensamente", como assim?* — Artur ainda confuso com as instruções.

Ziusudra respondeu:

— Entre vocês e nós haverá comunicação telepática, usando transmissores indutores que são estes adesivos, que é muito mais rápida e efetiva que a comunicação por voz, muito útil quando navegamos pelo espaço. Algen "*falou*" com vocês mentalmente sem nenhum aparelho, porque como ele foi forjado, consegue "*transmitir*" seu pensamento a qualquer ser orgânico.

Enquanto Guilherme e Nefertari, quase simultaneamente passavam os dedos no pequeno adesivo circular, Artur não perdia nenhuma palavra do que Ziusudra dizia. Era uma qualidade que tinha e que sempre praticara. O dom da observação aguçada.

*Forjado?* — Já estava observando as palavras de Ziusudra desde o primeiro encontro. Ficara assustado inicialmente com o súbito aparecimento do *Imortal do Dilúvio*, mas depois disso passara a captar as nuances das falas do sobrevivente do grande cataclismo.

Palavras, como *vigiar a Terra, Machu Pichu, Rota de Ninurta* e agora mais essa de Algen ser um "*forjado*".

Sabia que seria um dos poucos eleitos a ver coisas que muitos na Terra somente ouviram falar na ficção científica ou nos polêmicos livros de mitos antigos.

Estava sendo testemunha ocular de uma civilização milhares de anos à frente dos humanos da Terra.

*Ouviu* Ziusudra dizer:

— Plutão à frente.

Artur olhou para o imortal que estava na cadeira central do semicírculo.

Por um instante lembrou das cabines de comando das naves espaciais dos filmes que sempre assistia e onde o comandante tinha uma posição elevada e dali controlava tudo. Ali não era assim; havia uma projeção perfeita do espaço, uma grande janela panorâmica, na verdade, grande não, era gigantesca e poltronas em semicírculo e mais nada. Tudo controlado pela transmissão mental.

Simples, muito simples, e por isso, mais extraordinário ainda.

— Estava olhando essa projeção, que coisa fantástica, parece uma coisa viva, mas o que são essas outras cores? Em alguns casos parecem ondas — perguntou João.

O *Imortal* respondeu:

— Essa projeção nos dá várias informações, não é simplesmente a projeção de onde nós estamos, nos diz também os caminhos que devemos tomar, os fluxos e contra fluxos energéticos e principalmente os pontos de entrada nos *buracos de minhoca*. Eles irão aparecer nitidamente na projeção; sem a projeção eles são simplesmente invisíveis.

— Entendi, obrigado pela explicação, mas tem outra coisa que até agora não entendi como funcionou... como aqueles cristais dentro do salão da Esfinge acenderam-se após milhares de anos?

— Acenderam-se porque eles são conectados à energia da Terra, não precisam de energia de uma pirâmide e usam o mesmo princípio de um sensor de presença de uma pessoa, assim como uma lâmpada numa casa acende com a presença de uma pessoa, os cristais acendem com a nossa vibração peculiar. Enquanto estiveram nas paredes sempre funcionarão.

— Certo, compreendi, por isso depois de milhares de anos funcionaram.

— Sim — concluiu Ziusudra.

João mudou seu o olhar do imortal e passou para a gigantesca janela. Já podia avistar o pequeno corpo celeste que se dizia ser o mais afastado do sistema.

— Não é o mais afastado não, Artur — disse o imortal sorrindo.

Artur virou o olhar repentinamente para Ziusudra.

— Como o senhor sabe o que pensei?

— Como eu lhes disse, usar o transmissor de pensamento é questão de hábito, ele não foi feito para lermos os pensamentos de ninguém, cada um tem sua intimidade, mas quando pensamos de forma mais concentrada, que é o "intensamente" que lhes falei, pode ocorrer uma transmissão involuntária.

— Eu também *ouvi* — disse Guilherme sorrindo. — Como diria o Heitor, isso é *de outro mundo*... e é mesmo, literalmente — e deu uma gargalhada.

Todos gargalharam juntos.

Só Ziusudra que não entendeu a gíria e o linguajar dos jovens e ficou olhando, com as sobrancelhas meio arqueadas. Não *ainda*. Contudo alguém que vive há milhares de anos, tem percepção extremamente rápida de tudo.

*De outro mundo* era uma gíria brasileira que queria dizer que algo era diferente ou extraordinário. Nesse caso Guilherme quis fazer um trocadilho no sentido literal da gíria.

Era uma coisa surreal, três jovens do planeta Terra, um imortal que sobreviveu a um dilúvio e outros seres totalmente diferentes entre si numa sala com uma luz azul mortiça e em frente, o quase total negrume do espaço que parecia querer atravessar a enorme janela.

Com a gargalhada dos três jovens, os outros tripulantes ficaram sorrindo e se divertindo com a alegria dos *convidados*. O que certamente quebrou a tradicional disciplina dos astronautas de Nibiru. O único que não sorriu foi Algen, o piloto, até porque, no rosto de "forjado", não se conseguia perceber um sorriso. O *cinza* continuava pilotando a espaçonave mentalmente. Como que para voltar a tradicional rigidez da viagem, o piloto transmitiu:

— Vamos entrar na *Passagem de Ninurta*.

Os jovens ficaram quietos e passaram a olhar para a projeção e para a janela panorâmica. Não havia nada na tela, só luzes de estrelas distantes, nada que se pudesse ver como uma passagem, um portal ou um *buraco de minhoca*.

Mas na projeção 4D aparecia uma pequena esfera, como um minúsculo sol que oscilava levemente como um pêndulo.

*Só isso?* — pensou Artur. — *Será que tudo é assim tão simples?*

Como pela janela não se percebia nada, Artur ficou olhando para a projeção e a nave em forma de bola indo na direção do pequeno "sol" oscilante, que era nada mais que um simples marcador na projeção.

No exato momento que a pequena esfera "colidiu" com o sol oscilante na projeção, o espaço exterior "sumiu". Não se viam mais as estrelas.

A luz mortiça azulada da cabine, mudou para uma luz mais branca, iluminando a central da espaçonave e a projeção 4D também sumiu.

Artur tentou se mexer. Só conseguiu a muito custo. As coisas ao redor pareciam estar como em um filme em câmera lenta. Perdeu a noção de tempo e espaço. A única coisa que pensou foi: A*inda estou vivo*? — Era uma sensação estranhíssima, seus sentidos normais não existiam.

— Amigos, calma... Isso vai durar enquanto estivermos na "*passagem*" ou como vocês conhecem, no *buraco de minhoca*, aqui as leis normais do espaço não existem, estamos numa dobradura do universo, como o conhecemos. Depois da passagem iremos lhes dar um pequeno medicamento para o mal estar pós-passagem para os que nunca a atravessaram.

Ziusudra acalmou os astronautas de primeira viagem. Já sabia o que o corpo humano sofria nessa passagem.

— Senhor, a sensação é muito estranha, mas podemos pensar com clareza.

— Agora vocês devem entender porque toda nossa comunicação é mental, certo?

— Entendi — disse Nefertari —, sem ela ninguém conseguiria se comunicar durante o tempo na passagem.

— Tu acertastes, *pequena moça do Nilo*, no primeiro ponto e erraste no segundo. Conseguimos nos comunicar mentalmente, mas aqui não existe o tempo como o conhecemos. Aqui há um empuxo somente num sentido, é como uma mão única de sentido, entramos nele e sairemos próximos a Nibiru, para voltar de lá para a Terra, somente por outra passagem no sentido inverso.

— Muita informação pro meu *cérebro de minhoca* — comentou Artur.

Até pensou que os outros ririam, mas não deu pra saber pois não conseguia se mover normalmente e assim não conseguia girar a cabeça e ver o rosto dos outros. Fizera outro trocadilho com a realidade como Guilherme brincara com a expressão *de outro mundo* momentos antes.

— Somente Algen não é afetado. Ele é um ser de retorta.

*Retorta? Criado? Ziusudra e seus segredos, um dia ainda vou saber de tudo,* pensou Artur.

De repente, a tela panorâmica começou a mostrar o espaço exterior.

Estrelas distantes apareceram.

A projeção da nave mostrou outra imagem quadridimensional.

Um diminuto sol, um planeta e seus satélites, a pequena nave e imagens como ondas indo e vindo, que eram a parte não visível do espaço.

A esfera negra aproximava-se rapidamente do planeta avermelhado e seus satélites.

*Chegamos a Nibiru!!! O planeta dos Annunaki!!! Tal qual Adapa e Enoque...* — Artur estava eufórico.

Artur, seu irmão Guilherme e a bela egípcia Nefertari, vindos de um pequenino planeta, haviam chegado ao Planeta Vermelho e suas luas. Lugar do qual milhares de anos antes astronautas tinham ido à Terra em busca da salvação de seu mundo.

Como seriam eles agora? Os antigos deuses ainda viviam? Quem seria o rei de Nibiru?

## CAPÍTULO II
## O NETO DO REI

PRELÚDIO

O garoto moveu os controles do veículo para se conectar à estação espacial na órbita de Nibiru.

Fazia agora a parte prática do treinamento de astronauta — treinava para ser um *celestial*.

Mal acabara de sair da infância e já era aprendiz de astronauta, natural para quem era apaixonado por tecnologia e por veículos voadores de todos os tipos desde a mais tenra idade e que, quando criança, sempre acompanhava o avô ao local de lançamento dos Dingir e dos Mu.

Assim conheceu muitos dos astronautas que foram enviados a Ki, homens e mulheres. Sabia o nome de muitos deles.

Dizia ao avô que o sonho era ser também um *celestial* e voar entre as estrelas como o avô e o pai.

Dizia também que sentia saudades do pai que estava em Ki e queria ser astronauta para poder ir vê-lo em Ki, já que desde que o pai fora enviado para aquele planeta da Zona Proibida nunca mais o vira.

Considerava o avô como seu verdadeiro pai, mas tinha vontade de rever o pai que partira quando ele ainda era muito pequeno.

Lembrava do carinho que o pai lhe fazia e isso o impulsionava a ir revê-lo.

O celestial que o ensinava ia passando-lhe as instruções:

— Reduza a velocidade... Vire lentamente para a direita... Aumente a velocidade...

E o aprendiz de astronauta seguia fielmente o que lhe era ensinado.

Como faziam há muitos e muitos shars, os *Igigi* na sala de controle monitoravam a aproximação da nave em que o neto do rei estava sendo instruído.

Então o Mu ancorou na estação.

A imensa maioria dos astronautas da estação espacial correu na direção da comporta onde o veículo agora estava, ficando somente o pessoal essencial na sala de controle da gigantesca estação.

Dela se podia observar as diversas luas de Nibiru.

Há muito tempo não se via um aprendiz da casa real naquela estação. Os últimos haviam sido Ea, hoje chamado por todos de Enki, que mudou de nome quando Anu foi a Ki e jogou as sortes com os filhos, e Enlil, o meio irmão de Ea-Enki, agora o Mandatário daquele distante planeta.

A correria não era somente pela novidade do neto do rei chegar ali, mas também o apreço de todos por Anu, que colocara o reino numa época de prosperidade e os próprios filhos num planeta distante para que eles enviassem o ouro para Nibiru.

O ouro da salvação.

Deste modo Anu cativara os corações e mentes dos nibiruanos e esse carinho agora recaía sobre o neto.

Pouco mais que um menino. Estudioso e aplicado, o garoto conseguira a admiração de seus mestres pelo raciocínio rápido e pelo aprendizado perfeito de tudo que lhe ensinavam. Tinha forte temperamento. Firmeza que o avô gostava e incentivava e achava adequado para quem um dia seria o rei de Nibiru.

Assim que saiu da infância, o avô deu autorização para seu treinamento especial de astronauta, junto com o Nerge. Inseparáveis.

Não havia regalias ou tratamento diferenciado, eram treinados como todos os outros pretendentes a celestiais, mesmo sendo uma exceção pela idade ser a mais baixa de todos que um dia frequentaram a escola de astronautas.

Mas era um príncipe e seu inseparável amigo chegando na estação espacial e isso era um acontecimento, sendo assim, a algazarra na comporta era justificável.

O garoto e o amigo saíram da comporta de conexão com o Mu e adentraram uma sala maior acompanhados pelo celestial-instrutor.

O pequeno príncipe puxou o cobertor de cabeça para trás, mostrando o rosto branco, imberbe e de olhos vermelhos, os longos cabelos brancos amarrados na parte de trás da cabeça e logo foi coberto de abraços e manifestações de apreço pelos *Igigi*.

## GUERREIROS DO REI

Os dois homens caminhavam silenciosamente em meio as árvores de uma floresta, um de longos cabelos brancos amarrados atrás da cabeça, olhos vermelhos como o fogo, iguais aos de sua avó, a rainha de Nibiru, mulher dos mares do sul; e o outro de cabeça e barba raspadas conforme tradição de sua terra, a mesma terra do famoso Anzu, *aquele que conhece os céus*, e que agora estava no distante planeta Lahmu na *Zona Proibida*.

Vestiam roupas negras, semelhantes ao que o avô do homem de olhos vermelhos usara quando fora parte do *Grupo dos Dez* quando ainda não era conhecido como Anu.

Eram dois Guerreiros do Rei.

O dia estava raiando e o lusco fusco do amanhecer os tornava quase invisíveis.

O de olhos cor de fogo era Ninurta e o outro de cabeça raspada era seu amigo de infância Nerge.

Os dois estavam em uma missão de combate a mando do rei de Nibiru – Anu, o *Celestial*. Combater e destruir a última célula dos revoltosos que sobrara após a fuga de Alalu para Ki e que já causara estragos em vários lugares do reino. Destruindo, pilhando e matando homens, mulheres e crianças indiscriminadamente.

Fomentando a discórdia contra o rei e chamando-o de usurpador do trono e que Alalu deveria ter continuado como rei. Muitos discordavam dos revoltosos, tanto pela crueldade e pelo terror que impunham como pelo fato de que Alalu havia brutalmente assassinado o rei Lahma e obrigara o Conselho dos Doze a empossá-lo. Fora destronado por Anu e fugira de Nibiru usando um Mu e aparecera em Ki, dizendo ter a salvação de Nibiru. Sabia-se que eram grupos pequenos e por isso mais perigosos ainda, difíceis de localizar. Assim o rei colocara pequenos grupos de combatentes para caçar e exterminar os *assassinos de Alalu* como a população os conhecia.

Ninurta sentia saudades do pai, Enlil, o *Senhor do Mandato* que ocupara o lugar de seu tio Enki, no comando dos astronautas de Ki e que agora construía as instalações naquele planeta distante para que fosse possível o envio de mais ouro para ser jogado em forma de pó na atmosfera de Nibiru.

Sentia saudades maior ainda de sua mãe, a *Dama da Vida*, meia-irmã de seu pai que fora enviada pelo rei para levar a cura para o *mal* dos astronautas. Essa ascendência colocava Ninurta, pela *Lei da Semente*, como um dos herdeiros do trono. Mesmo que seu pai tivesse filhos com sua esposa em Ki, Sud, agora chamada de Ninlil, os filhos deste casamento não seriam os herdeiros, pois pela Lei da Semente, ele como filho de uma meia-irmã teria mais direito que os outros meios-irmãos.

Ninurta, era neto do rei e o segundo na linha de sucessão. Por isso Anu lhe havia dito antes da missão:

— Meu neto, o reino precisa de que se use pulso firme contra os revoltosos, tu tens interesse direto que essa revolta seja abafada, não somente por estar na linha de minha sucessão, mas pelo compromisso com o bem estar de Nibiru. Teus filhos e teus netos precisam viver em harmonia e em paz, sem guerras e sem armas, como o Primeiro Rei desejou quando criou esta cidade milhares de shars atrás, mesmo que seja um contrassenso devemos usar a força e armas contra esses criminosos.

— Sim meu rei, assim será feito.

— Lembre-se, a posição de rei não lhe dá o direito sobre a vida de outras pessoas, lhe dá apenas o direito de lhes prover bem estar e paz, e assim como acontece há muitas gerações em nossa família, um dia terás o dom de sentir o que está por vir, faculdade que nos dá discernimento do futuro. O futuro de nós, nibiruanos, com essa fuga de Alalu para Ki na Zona

Proibida, já estava traçado. Anshargal já sabia disso pelo dom que o Princípio nos dotou de vislumbrar e descortinar o futuro. Nosso futuro está entre as estrelas. Nibiru nossa terra natal será apenas um pontinho na imensidão do Cosmos quando estivermos por ele espalhados.

Estavam em pé na sala do trono de Agadé.

O rei tocou testa com testa com o neto, virou-se e apontou para o trono atrás dele e disse:

— Veja, já não sou mais tão jovem, um dia seu pai sentará ali e depois tu serás o rei. Tenha a sapiência necessária para levar os nibiruanos aos destinos que o Princípio nos concedeu. A dádiva de descortinar o Cosmos. Tu apenas foi até a Estação dos *Igigi* na órbita deste planeta. Quando admirar os demais planetas, passar tão próximo das grandes pedras no Bracelete Partido, tão perto que quase poderá tocá-las e chegar ao mundo gelado de Ki, que mesmo congelado é uma das maravilhas do universo e a Lahmu com seus mares e florestas, verás com teus próprios olhos o que o Criador de Tudo nos concedeu.

— Sim meu rei. Seguirei seus conselhos espero ter a sapiência e seguir os desígnios do Princípio para o bem de Nibiru.

— Que o Principio a todos proteja — disse Anu, abençoando a partida do neto.

— Assim seja! — respondeu o guerreiro.

*Assim seja!* — Um cumprimento herdado da religião do *Criador de Tudo*, iniciada pela Primeira esposa do rei Lahma, passara a ser corriqueiro entre os nibiruanos.

Por mais que Ninurta tenha ouvido os conselhos do avô, seu destino diria que lhe faltaria sapiência no *Fim dos Tempos*. Seriam dias de sofrimento para os astronautas de Nibiru em Ki.

Ninurta seria o *Calcinador* e seu primo Nergal, filho de Enki, o *Aniquilador*.

O dom de descortinar o futuro, demoraria a despertar tanto em Enlil como em seu filho Ninurta e isso seria fatal para os astronautas acampados no planeta de onde retiravam o ouro salvador.

O metal que lhes salvava iria se mostrar também como a destruição dos heróis de Nibiru.

Começaria quando seu uso muito simples, como o pó salvador de Nibiru, passasse a ser usado como adereço e depois como bem material. E a discórdia e a luta por poder iriam surgir entre os clãs de astronautas no terceiro planeta do sistema de forma avassaladora.

Mas ali, naquele vale ao sopé de montanhas em Nibiru, nunca passaria pela cabeça de Ninurta o que o destino lhe estava reservado, tinha somente como ordem exterminar os revoltosos.

Esse era o último grupo.

Ele e Nerge desde que conversaram a última vez com o avô, e isso já fazia muito tempo, buscaram e exterminaram quase a totalidade dos assassinos de Alalu, viajando de continente em continente de Nibiru. Faltava apenas um pequeno grupo de cinco pessoas. E eles já sabiam que estes cinco estavam no sopé das montanhas.

Por intervenção dos dois, a penúltima célula dos criminosos foi abatida justamente no momento em estavam prestes a se apoderar de um Mu em Sippar. Os revoltados planejavam destruir a estação espacial nibiruana.

Foram mortos com disparos de armas de raios na escada da comporta da espaçonave. Caso tivessem conseguido iriam destruir facilmente a estação que não possuía nenhum equipamento defensivo.

Os faladores do reino contavam e recontavam suas proezas.

Ninurta e Nerge eram agora guerreiros famosos, isso faria com que a vaidade fosse uma característica presente na vida do filho de Enlil, aliada a sua coragem para enfrentar os mais diversos perigos como combatente do rei.

Nerge era um jovem tão forte e alto com Ninurta, fora treinado pelo grupo de combatentes que Anu formara para defender o reino dos revoltosos de Alalu. E novas armas foram colocadas à disposição deste grupo.

E ali estavam no meio da floresta caminhando em silêncio; a dupla guerreira mais famosa do planeta vermelho.

E prevendo a reação dos homens e mulheres desta última célula e para que o grupo não fugisse ao avistá-los, utilizaram um Mu. Deixaram o aparelho num local distante, fizeram parte do trajeto em dois *Discos*, sobrevoando velozmente rios e áreas de floresta e agora faziam o restante do caminho a pé pelo meio da floresta, esperando pegá-los desprevenidos.

Acabaram-se os tempos de paz que começaram com o primeiro rei An. Agora Nibiru era uma terra de discórdias. Mas esperava-se que essa última célula, assim que exterminada, trouxesse a paz de volta.

Os dois estavam com armas de raios nas mãos e escudos voadores nas costas, que seriam usados no ataque aos revoltosos e também para retornarem para o lugar de partida onde pegariam o Mu de volta para a capital do reino.

Mas ao contrário do planejado, a dupla foi surpreendida pelo fogo de disparos de armas no meio da mata.

Os primeiros disparos mataram Nerge.

Ninurta foi atingido no braço esquerdo, com o disparo caiu atrás de uma árvore caída e isso o salvou da morte.

Disparos de raios, explosões e muita fumaça subiam ao seu redor.

Estava encurralado e só.

Deitado no chão, levantou a pesada armas de raios por cima da árvore caída e disparou contra onde presumia partiam os disparos dos assassinos. Apertou a gatilho várias vezes. Mas raios e disparos encheram a floresta.

Ouviu os gritos dos revoltosos e as risadas muito próximas:

— Venha famoso Ninurta, venha nos buscar! — disse um.

— Terás a morte certa como Nerge, o infame matador de nossos amigos! — gritou uma mulher.

Pela voz do grupo de inimigos, percebeu que eles se aproximavam em leque, protegidos pelas árvores. Iriam fechá-lo num círculo. Assim seria facilmente morto.

Ninurta tomou uma decisão perigosa, mas era a única possível.

Agachou-se, tirou o escudo das costas e mesmo agachado, protegido pela enorme árvore, colocou os pés no disco voador, esticou as hastes de manobras para cima, puxou um pequeno cilindro, quebrou-o no meio e jogou por cima de sua cabeça. Era um gerador de fumaça branca e espessa.

Em seguida, ligou o disco e saltou.

Voou na direção de onde tinha vindo.

Mais raios e gritos de raiva foram ouvidos.

— Matem-no... atirem... não o deixem fugir.

Ao contrário do que os revoltosos imaginavam, Ninurta não pretendia fugir. Na verdade queria induzir os atacantes a imaginar que iria fazer isso.

E foi aí que eles cometeram o erro de saírem de suas proteções atrás das árvores para ficarem mais expostos e poderem atirar no homem que agora voava como que fugindo.

Ninurta fez uma curva abrupta e virou-se frente para os atacantes e veio atirando com a pesada armas de raios.

Voava em ziguezague. Pilotava com a mão esquerda, mesmo com o braço sangrando segurava os comandos do Disco e com a direita atirava e mandava a morte em forma de raios como os de uma tempestade.

Era uma arma nova, com princípio semelhante ao que fora disparado da Grande Pirâmide de Agadé na noite da invasão de Alalu ao palácio.

Não eram raios retos, mas iam em diversas direções. Num leque amplo.

Trouxe a morte para o último grupo dos cinco assassinos de Alalu.

Quando viu que havia matado todo o grupo, manobrou o Disco e passou a olhar os mortos um por um.

Depois voou na direção de Nerge.

Viu o amigo morto.

Colocou a mão em sua cabeça e levantou os olhos para o alto e silenciosamente ficou assim por longo tempo.

O caçador chorava.

Depois, jogou a arma de raios no chão e levantou o amigo morto, colocou-o nos ombros e ligou o Disco.

Dores insuportáveis faziam seu braço ferido tremer com o peso do morto.

— Morro te levando irmão, mas não ficarás aqui, serás enterrado na tua terra.

Levantou voo e disparou em altíssima velocidade por entre as árvores na direção de onde estava o Mu que os havia trazido

## CAPÍTULO III
## UM REI QUE PREVÊ

PRELÚDIO

O rei estava na sua sala privativa de onde sempre acompanhava as notícias do reino pelo falador e também podia falar com qualquer lugar para dar ordens administrativas e resolver problemas dos mais diversos.

Dali podia pedir que se enviasse mensagens para a estação espacial e também para Ki através do Enlace.

Há poucos momentos recebera a informação do combate de Ninurta e os últimos revoltosos. Sabia que o amigo de Ninurta e combatente do reino Nerge havia morrido e que o neto o estava trazendo. Uma tristeza imensa trespassava o peito do velho rei. Gostava do amigo do neto como um filho. Desde pequeno era presença constante no palácio.

Desde que Alalu, o homem de muitas faces lançara a discórdia no reino, o rei fizera esforços para exterminar os dissidentes para que a paz finalmente pudesse ser usufruída pelos nibiruanos. Neste esforço perdera alguém que considerava como um filho.

Não havia ocorrido grandes guerras, mas os assassinatos e as pilhagens para desestabilizar a casa real tinham sido frequentes e somente pequenos grupos incumbidos de investigar e prender haviam dado resultados. Mas praticamente nenhum dos revoltosos havia sido preso, prefeririam morrer lutando, haviam se transformado em homens e mulheres do terror prontos para morrer em nome de sua causa. Em caso de resistência à prisão deu permissão de matar.

Muitas gerações haviam passado desde a época da Grande Guerra que devastou Nibiru.

O tempo ajudara a maior parte da população a esquecer o efeito das *armas do terror*. Os mais novos sequer imaginavam o seu efeito, ele mesmo, o rei, apenas imaginava e evitava que elas pudessem ser utilizadas de novo, portanto, na busca da paz combatia a revolta que se instalara no reino e para isso colocara o próprio neto como o responsável para exterminar de vez a discórdia.

Agora pelos informes oriundos de Ki trazidos pelos filhos, mas também principalmente pelas informações que coletava com os astronautas que voltavam no revezamento, sabia que lá em algum momento seria necessário manter a ordem.

Mais cedo ou mais tarde, haveria alguma discórdia e para isso precisaria de alguém experimentado em resguardar o reino.

Mesmo no meio de tanta dor e tristeza pela perda de Nerge, *pressentiu algo* e esse algo lhe dizia que deveria enviar o neto para Ki o mais breve possível. Não queria uma separação do neto por quem tinha predileção, mas pensava que era o único e mais apto a essa tarefa.

Mandaria Ninurta para Ki.

Já sentia antecipadamente a dor da separação do adorável neto, mas precisava de alguém que pudesse ser a mão forte do reino em Ki e com as condições materiais para isso.

Muitos em Nibiru certamente não iriam gostar dessa decisão, a despeito de Enlil ser seu sucessor direto, o filho estava há muito tempo distante, mas Ninurta tornara-se querido pelo povo e sua fama alcançara cada lugar do reino.

Ninurta, o guerreiro, era mencionado em cada falador e também nas imagens tridimensionais compartilhadas por todo no reino. Era apenas um jovem, mas o jovem de cabelos brancos, olhos vermelhos e alto, ganhara fama e respeito. Alguns já acreditavam que ele deveria ser o próximo rei e que Enlil deveria ficar em Ki como governante daquele planeta distante.

O falador disparou e o rei ouviu a mensagem vinda do Enlace:

— Senhor, o Mu de Ninurta pousou, ele informou que vai para o palácio num Disco

— Sim, obrigado, faça todos os preparativos para o translado de Nerge para o palácio, farei todas as honras a ele.

— Sim senhor, assim será feito.

## *O MAIS FAMOSO DE NIBIRU*

Ninurta, o guerreiro, viria voando e chegaria em Agadé em um Disco, isso chamaria a atenção de milhares de pessoas. Ninurta gostava da fama que adquirira. Como solteiro e neto do rei sua fama era maior ainda entre as mulheres, sejam elas das ilhas do sul ou das montanhas geladas do norte. Mas ele amava ardorosamente *apenas* três.

Não havia trocado ainda o uniforme de combate e as marcas do embate ainda estavam nele.

Propositalmente passaria por cima de Agadé, pois sabia que causaria impacto nas pessoas que o veriam voando no Disco.

Estava há muito tempo na missão de exterminar os revoltosos, agora estava voltando e somente alguns poucos sabiam. O rei ordenara que todas as missões do neto fossem cercadas de sigilo, em muitas missões Ninurta investigava disfarçado, já fora de tudo... mercador, navegador, mercenário e assaltante, o *rei dos disfarces*. Somente os efeitos de suas missões eram divulgados nos faladores e canais de vídeo tridimensionais.

Agora os moradores da capital veriam seu herói de novo.

Naquela manhã, milhares de pessoas circulavam pela capital do reino.

Ninurta manobrou o Disco e voou na direção do porto e de lá iria sobrevoar o resto da cidade.

O homem vestido completamente de negro sobrevoou o porto.

— Olhem é Ninurta!!! — falou um homem em um dos barcos.

— Ele voltou — disse outro homem.

A notícia correu tão rápida quanto um Dingir decolando.

As pessoas saiam das cabines dos barcos, dos armazéns, de todos os lugares e apontavam para o céu.

— Ninurta voltou!...

— O neto do rei voltou!...

— O guerreiro de negro!...

— É ele sim, é Ninurta!...

Milhares de pessoas foram às ruas.

Depois de voar sobre vários lugares, Ninurta foi na direção do palácio.

***

*No Palácio*:

O rei já sabia pelos faladores que o neto estava chegando e sobrevoando a cidade. Mas nem precisaria dos faladores para saber disso. Mesmo na sala em que estava, já ouvia os gritos e a algazarra pelo retorno do homem mais famoso de Nibiru.

Abriu a porta e dirigiu-se para o pátio frontal do palácio, onde Ninurta pousaria, era o mesmo lugar que muito tempo atrás lutara com Alalu numa luta singular e dali o destino tinha levado Alalu para Ki e a novos rumos para os nibiruanos.

Chegou ao pátio central do palácio.

Milhares de pessoas ali estavam, espalhadas pelo pátio, pela esplanada, entre os prédios e olhavam para o céu esperando Ninurta aparecer sobre a cidade.

O rei observou que até seu copeiro ali estava; o principal conselheiro do rei esquecera seus afazeres e correra como tantos outros para ver Ninurta.

O rei sorriu e ficou impacientemente aguardando, gostaria de fazer o mesmo que seus súditos, gritar e ter a mesma euforia, mas preferiu manter a compostura do cargo e aguardar.

— Vejam... ali!! — apontou um.

Lá ao longe, vinha Ninurta.

O local explodiu em gritos. O êxtase tomou conta de todos.

Ninurta voou primeiro sobre Agadé, fez vários círculos em cima da cidade e depois veio voando diretamente para o pátio.

Nos últimos metros reduziu a velocidade do Disco e veio descendo devagar. Os gritos aumentaram.

Trabalhadores do palácio juntaram as mãos e fizeram um enorme círculo, onde Ninurta poderia pousar.

A área vazia a muito custo era sustentada por homens e mulheres.

O rei ficou observando e sabia que assim que pousasse aquele círculo humano ruiria. Seria incontrolável.

Ninurta veio planando e pousou no círculo.

Na mesma hora, o círculo ruiu e o neto do rei foi cercado por milhares de pessoas e carregado nos braços.O rei virou-se e entrou no palácio. Deixou o povo com o neto. Falaria com ele depois.

Antes tinha que mandar preparar as honras para Nerge, pelo que tinha feito em prol da paz em Nibiru e que desde pequeno frequentara o palácio na companhia de Ninurta.

O povo não percebera, em sua euforia, que Ninurta chegara sozinho, sem o inseparável amigo, pois sempre chegavam juntos.

Não demoraria e cairia em prantos por Nerge.

## CAPÍTULO IV
## A CURA

PRELÚDIO

A filha do rei, já estava há muito tempo na sala de pesquisas médicas de Agadé. Buscava a cura para o mal que afligia os astronautas enviados a Ki.

Não fizera ainda nenhuma refeição naquela dia, já sentia a exaustão se aproximar, tinha que continuar com as pesquisas e os experimentos e havia um motivo especial para isso. A posição sideral de Nibiru em relação à Ki que era chamada de *ótima* pelo mestres celestiais para o lançamento do Dingir estava muito próxima de ser atingida e ela deveria está com a cura pronta. Nessa viagem ela iria junto com suas *ajudantes da vida* para o planeta da salvação.

O reino dispendia enormes somas no projeto de salvação planetário e recursos como o precioso mercúrio não podiam ser desperdiçados com lançamentos fora da melhor posição espacial do planeta em relação à Ki.

Podiam ser feitos lançamentos fora dessa posição sideral, mas o gasto com combustíveis era maior e os nibiruanos, com a experiência adquirida nas viagens espaciais, agora economizavam o máximo de recursos aproveitando a posição ideal para os lançamentos, mesmo com naves mais modernas.

Novas espaçonaves e novos equipamentos de mineração foram e estavam sendo construídos seguindo os projetos enviados por Enki.

E além destes novos equipamentos, o principal motivo era o envio de medicamentos que pudessem fazer com que a estadia dos astronautas fosse possível em Ki.

A cientista já descobrira, com as informações enviadas por Enki, que Ki tinha uma rotação muito mais rápida que Nibiru e um movimento ao redor da estrela 3600 vezes menor que o que Nibiru fazia ao redor da estrela principal do sistema. Os astronautas passavam mal com tão rápida rotação diária.

A *Dama da Vida*, como era conhecida, foi incumbida pelo pai de encontrar a cura. Ninhursag que estava nos momentos finais das suas experiências, conseguira o medicamento que seria usado e agora finalizava os testes.

A mulher levantou-se da cadeira elevada junto à mesa de pedra onde diversos aparelhos estavam colocados e deu por terminado o seu trabalho.

Estava pronto o que seria a cura do mal dos astronautas, sementes de uma planta que seria plantada em Ki e utilizada para amenizar o mal sentido pelos astronautas.

Mais um passo dado para a permanência por longo tempo dos nibiruanos no terceiro planeta da Zona Proibida.

## UMA DAMA POUSA EM KI

Nungal manobrou o enorme Dingir na direção de Ki.

Na central de Comando estava Ninhursag, que tinha trazido à vida o moribundo Anzu, o mais famoso astronauta de Nibiru. Fez jus ao seu nome de a *Dama da Vida*.

Anzu havia se oferecido a ficar em Lahmu para apoiar o desterrado Alalu, o homem que fora tudo na vida, até rei de Nibiru, agora seus restos estavam enterrados num planeta distante e seu rosto eternizado num platô.

Mesmo a grande altura era possível ver o entalhe perfeito na rocha. Eternizado. Milhares de shars depois esse rosto ainda estaria ali.

Em Nibiru dizia-se que se *queres deixar um legado? Escreva-o em pedra, será tão eterno quanto elas.*

A *Dama da Vida* comentou:

— Mesmo que ele tenha feitos equivocados, foi rei, e reis serão sempre eternizados, nosso Mestres de Memória sempre falarão deles e os filhos de nossos netos também, independentemente de seus acertos e erros serão contados e Alalu achou o lugar que poderá ser a salvação de Nibiru, assim salvando milhões, nada mais justo do que lembrá-lo.

O piloto concordou:

— Sim Ninhursag, seus erros foram menores do que o seu achado. Mereceu a marca da eternidade neste lugar.

E ambos ficaram olhando a imagem incrustada a fogo no chão de Lahmu até que ela sumisse e aparecesse somente o planeta, seus mares e suas florestas.

Depois com a mudança de direção o planeta ficou para trás.

Ao aproximar-se de Ki, Nungal transmitiu as informações para os preparativos de aproximação e pouso.

Fez o procedimento previsto nas Placas de Destino de Ki, freou o Dingir usando Kingu e entrou em órbita.

Ninhursag olhando o pequeno satélite, observou as informações nos diversos equipamentos de medição. Seguia uma instrução do pai para um possível uso da lua de Ki como uma estação de passagem. Gravou os dados em uma placa e a guardou para análises futuras e decisão de Anu.

Os astronautas disputavam as janelas para ver o planeta que iriam ficar por muito tempo.

A *Dama da Vida*, que já havia visto o planeta antes da volta de freio ao redor da pequena lua única, ficou admirada com a beleza deste, quando o veículo espacial ficou mais próximo.

— Este planeta azul é simplesmente lindo. Nibiru avermelhado é bonito, mas este azul com suas manchas brancas e o centro marrom é simplesmente admirável. O Princípio e suas criações maravilhosas, este sistema tem corpos celestes extremamente belos.

— Concordo, muito bonito mesmo — respondeu Nungal.

O piloto fez o veículo dar diversas voltas no planeta para desacelerar mais ainda e começou a entrada na atmosfera de Ki, de maneira muito cautelosa, com inclinação suave para chegar nos pontos de referência, os *picos gêmeos*.

O pouso seria na água e todos a bordo já estavam com *trajes de peixe* para um caso de erro no pouso e terem que abandonar a nave rapidamente.

Nungal, mantinha permanente contato com o *Homem-gir* do *Enlace* de Eridu recebendo as mais diversas informações principalmente as condições de tempo.

Bom tempo na região do pouso.

O sinal do localizador do Enlace estava perfeito, assim Nungal movimentou a nave para que o pequeno cristal oscilante no painel de comando que mostrava sua nave ficasse centralizado com o cristal receptor e assim fosse direto para Eridu.

Neste momento o enorme Dingir consumia grande parte de sua preciosa carga de mercúrio para um pouso onde anulava-se a gravidade do planeta.

Mesmo procedimento dos voos anteriores. Passou pelos grandes picos gêmeos de referência e foi na direção do local de pouso.

Conduziu o grande veículo manualmente e por orientação visual. Tempo excelente sem nuvens e um céu azul lindíssimo. Não podia se ter melhor recepção que uma visão espetacular de Ki e as coisas construídas pelos astronautas predecessores. Muito trabalho já havia sido feito.

Era possível se ver jardins floridos, canais, barcos e outras edificações.

Mesmo muito ocupado com o pouso, o piloto virou para a filha do rei e disse:

— Admirável. Teus irmãos e os outros transformaram este lugar. Tão longe de casa, merece realmente o nome de *Casa na Lonjura*, mesmo tão longe de nossa terra natal pode-se agora chamar de um lar, eles fizeram coisas que nunca imaginaríamos. Vir de tão longe e se estabelecer aqui. Será que nosso destino está em voar entre as estrelas? E povoar outros mundos? Será que o voo de Alalu não foi um desígnio para olharmos além de nosso planeta?

As conjecturas do piloto e suas interrogações foram recebidas por Ninhursag, que sem responder ficou pensativa sobre os comentários.

*Será que esse planeta é apenas um ponto inicial na caminhada dos nibiruanos pelo Cosmos?* — pensou.

Não sabia, mas o pai numa distância que parecia infinita dali, havia dito ao seu filho Ninurta que o destino dos nibiruanos estava entre as estrelas. Era o *"vislumbre"* de alguém que podia descortinar um dos *futuros possíveis*.

Cruzou o ponto referencial de pouso, os picos gêmeos cobertos de gelo e amerissou, como havia sido feito por astronautas precedentes.

Dessa vez seguindo as instruções do Enlace pousou próximo da terra e de uma área de permanência das naves. Não precisaria ficar estacionado na água.

Todos os astronautas de Ki estavam ali.

Enlil e Enki aguardavam a meia-irmã com enorme alegria.

Enlil apesar do amor pela esposa oficial, tinha pela meia-irmã uma enorme atração física.

A *Dama da Vida* era uma mulher exuberante, tão bela quanto as vermelhas dos mares do sul de Nibiru. Cabelos brancos longos, que usava ora solto, ora com os mais diversos enfeites e olhos azuis tão belos quanto o céu de Ki.

Enki por sua vez fora um dia prometido a se casar com Ninhursag, por desejo de Anu, mas esta se apaixonou pelo jovem Enlil, que na ocasião já era um celestial e por este foi seduzida e tiveram um filho, o agora guerreiro-herói de Nibiru. Ninurta passou a ser o segundo na sucessão de Nibiru — Anu, Enlil e Ninurta, eram o rei e seus sucessores diretos.

Mas Anu, ficou extremamente descontente com o que Enlil e sua meia-irmã fizeram. Enfurecido, proibiu Ninhursag de casar-se — ela ficaria solteira o resto da vida.

Enki, que naquela época em Nibiru chamava-se Ea, preferiu então abandonar a meia-irmã e casar-se com Damkina com quem teve dois filhos, Marduk e Nergal.

Todos estes jovens haviam ficado em Nibiru, incluindo as duas mulheres.

Ninurta, Marduk e Nergal seriam protagonistas na história dos *Tempos de Antigamente* — seriam os *Senhores do Fim dos Tempos*.

O destino estava mostrando o caminho que os juntariam num planeta muito longe de onde nasceram. Um planeta na antiga Zona Proibida, o terceiro mais próximo da estrela amarela, chamada pelos nibiruanos de Apsu.

Agora, Ninhursag, acabava de pousar em Ki. Uma médica de grande prestígio e amplo conhecimento. Fora enviada para a cura do mal dos Astronautas. A ela foram passadas as informações e estava ali para mitigar os sofrimentos dos astronautas.

Já se sabia que a "doença" era na verdade o mal-estar causado pela rápida rotação de Ki em seu eixo, com um tempo curtíssimo em relação a Nibiru e também pelo fato de que o tempo de uma volta completa ao redor da estrela principal do sistema era muito menor do que o que Nibiru fazia na sua travessia de um shar, Ki circulava o sol num tempo 3600 vezes menor, um shar muito menor. Portanto o ano em Nibiru correspondia a 3600 anos de Ki.

Em Ki, os nibiruanos eram praticamente imortais.

O ciclo de vida era muito menor, mas que sem medicamentos, os astronautas não suportariam viver no planeta.

E com ela vieram muitas mulheres ajudantes da Dama da Vida, para trabalharem em Ki. Os *descidos do céu* teriam companhia feminina. Companhia perfeita para suportarem a distância e a saudade de seu planeta natal.

Ninguém imaginaria que essas mulheres dariam origem a *não nibiruanos* neste lugar e seriam um dos pontos de reclamação e da revolta dos *decaídos de Anzu*, os *anjos* da estação de passagem em Lahmu, num futuro não muito distante.

O Dingir encostou na nova área de estadia e foi lentamente colocado em terra firme, por campos ultrassônicos de levitação. Enlil e Enki haviam feito um exaustivo trabalho de prover que a vida num planeta alienígena fosse mais aprazível e onde se pudesse utilizar o que a tecnologia de Nibiru pudesse trazer de útil e de conforto aos astronautas do *Planeta da Travessia*.

Enormes plataformas de pedra suportavam o peso gigantesco da nave que trazia suprimentos e outros pequenos shem.

A filha do rei, foi a primeira a sair. Seus irmãos correram para abraçá-la.

Os astronautas gritavam e cantavam antigas canções de Nibiru. Alegria generalizada. Os recém-chegados se misturavam com os acampados.

Os três se abraçaram e lágrimas de alegria correram nos rostos brancos como os cumes gelados dos picos gêmeos próximos.

Após os abraços e beijos carinhosos, a meia-irmã disse:

— Estou trazendo ajudantes e os remédios necessários para amenizar o mal-estar dos astronautas, mas todo aquele que aqui estiver deverá periodicamente retornar a Nibiru, senão irá morrer. O planeta tem uma rotação no seu eixo muito rápida e uma volta ao redor da estrela mãe do sistema muito menor do que a que Nibiru faz, isso afeta o corpo por inteiro e caso fique aqui um tempo muito longo relacionado com o tempo de Nibiru o estrago no corpo será irreversível. A cura será uma planta, trouxe sementes dela, as plantaremos aqui em Ki.

Enki que tinha enviado as informações para Nibiru sobre o mal que acometia os astronautas não disse nada, apenas concordou com um movimento da cabeça.

Enlil ficou olhando pensativo para a meia-irmã.

Seria um dos problemas que teria que enfrentar, pois periodicamente deveria fazer a troca dos homens e mulheres que ali estavam e isso tudo tinha um custo principalmente no uso do escasso mercúrio, contudo com a ajuda de Enki, já vislumbrava o uso de *óleo de pedra* que existia em forma abundante em toda a região. Já haviam começado a utilizá-lo, assim que descobriram os veios mais superficiais, sondagens mostravam que havia abundância.

Para iluminação noturna já era usado. Até que se conseguisse a primeira fonte de energia irradiada por uma pirâmide, tinham que usar recursos locais e buscar fontes alternativas de energia.

Estavam usando como fonte primária, principalmente para os faladores e sinalizadores do Enlace, a energia da estrela mãe do sistema que era armazenada em placas trazidas de Nibiru e distribuída onde fosse mais necessária.

— E também trago os novos equipamentos pedidos por Enki para a mineração na parte sul do planeta, especialmente projetados.

— Excelente notícia irmã, meus homens já começam a reclamar do trabalho pesado nas minas daquela zona mais quente.

Os três juntos dirigiram-se ao prédio com enormes colunas, onde todos os recém-chegados seriam recepcionados com bebidas e comidas.

— Parabéns irmãos, o que vocês estão fazendo aqui é algo soberbo, nosso pai ficará maravilhado quando aqui voltar.

— Quando ele virá? — quis saber Enlil. — Como ele está?

— Está bem, não virá por enquanto. Inclusive trago notícias dele e de nosso filho.

— Ninurta, como está ele? Não consigo falar com ele faz bastante tempo. Só sei que está em missão dada por nosso pai.

— Sim. O rei o enviou em uma missão pelo planeta para caçar os *assassinos de Alalu*, como são chamados os últimos dos *Revoltados* ainda vivos. Alguns participaram da morte do rei Lahma.

— E como está essa situação? — perguntou Enki.

Os três chegaram ao lugar de recepção e foram tomando seus lugares na gigantesca mesa. Enlil sentou-se à cabeceira ladeado pelos irmãos.

Os outros astronautas sentaram na grande mesa e em outras menores no grande salão de recepção.

Hoje seria dia festivo para aqueles que desceram do céu.

— As informações que o nosso pai recebeu de Ninurta é que existe somente um último grupo e é esse grupo que ele está atrás, mas como faz muito tempo que saímos de Nibiru não sei ainda o que ocorreu.

— Entendo — disse Enlil pensativo.

— Nosso filho agora é conhecido em todo reino como Ninurta, o herói de Nibiru — notava-se que a cientista e médica sentiu enorme orgulho de dizer isso.

Enlil a olhou e percebeu o orgulho da meia-irmã. Assentiu com a cabeça.

— Então temos novamente um herói e quem sabe um grande líder para guiar futuramente os nibiruanos — disse o pai de Ninurta.

— Sim — concluiu a filha de Anu. — E trago notícias de Lahmu, notícias de Alalu.

— Quais são? — perguntou Enki.

— Quando lá chegamos encontramos Anzu nos últimos estágios de vida, consegui trazê-lo de volta, Alalu foi encontrado morto, havia morrido há muito tempo.

— Um fim para o *homem de muitas faces* — disse sem nenhum pesar o Mandatário de Ki.

— Mesmo que tu não gostes, mandei eternizar o rosto de Alalu num platô, e é visto até do céu de Lahmu.

— Já entendi seu ponto de vista irmã — disse Enki. — Tu olhastes os feitos deles e não seu pesado fardo de erros.

— Sim, ele teve seus erros, mas achou a salvação de Nibiru e deve ser lembrado por isto.

Enlil fez gesto com a mão não concordando.

— Há algo mais que foi feito — a mulher fez uma pausa e prosseguiu — por ordem do rei vai ser construída uma estação de passagem em Lahmu e Anzu será o comandante.

Desta vez Enlil reclamou:

— Não é possível que nosso pai tenha feito isso, não há necessidade, faremos a extração do ouro e com novos veículos levaremos direto para Nibiru.

Mas Enki concordou:

— Creio que isso se fará necessário, vamos ver como será o andamento de nossas extrações e a quantidade necessária a ser enviada, além disso, pelo que sabemos, Lahmu tem uma gravidade menor, poderá ser útil.

Enlil continuou não gostando.

— Também estou trazendo sementes e *árvores da vida* de diversos animais para utilizarmos em experimentos de novas criações, Anu, quer que fiquemos neste planeta definitivamente. Devem ser plantadas em lugar fresco, com água e calor e os animais criados para nosso usufruto.

— Muito bom, faremos o desejo de nosso pai — concordou Enki.

— Amanhã lhe mostrarei os planos de construção de nossos acampamentos, conforme temos em Nibiru, que darão o suporte necessário para nossas atividades aqui, faremos um corredor de voo e nossa área de pouso, Enki já projetou novos Dingir que serão maiores, a intenção seria utilizá-los para voos diretos, mas agora poderão ir até nossa estação de passagem a cargo de Anzu, ali com gravidade menor que aqui serão despachados nosso ouro para nosso planeta — Enlil raciocinava rápido e já emendara o projeto dos lançamentos futuros.

Enki concordou.

— Quanto ao plantio das sementes e da árvore da vida, já tenho um lugar ideal, onde construirei o Lugar de Aterrissagem, numa região com muitas árvores, será ideal, te levarei lá amanhã.

A mulher aceitou o convite, balançando a cabeça.

Enlil viu que todos já estavam acomodados, levantou-se, no que foi seguido por todos os presentes e exclamou:

— Nibiruanos, aqui estamos para glorificar o Princípio, que nos seus designíos nos colocou neste pequeno planeta para levarmos aos nossos irmãos de Nibiru, o precioso metal que ajudará a manter nossa terra natal a salvo da destruição. Que todos sejam bem vindos ao E.din, a *terra dos justos* e seus maravilhosos jardins. Que o Princípio a todos proteja.

E levantou a taça de vinho.

Todos os outros fizeram o mesmo e em coro gritaram:

— Assim seja!

— Assim seja! — repetiu o Senhor dos astronautas baixinho.

Os músicos começaram tocar, risos e gargalhadas encheram o enorme salão.

Os *descidos do céu* faziam festa no planeta da salvação.

## CAPÍTULO V
## MÁS NOTÍCIAS À ANZU

PRELÚDIO

Um dos astronautas entrou no quarto do *Líder dos Anjos*.

— Senhor! ... senhor! — bateu levemente nas pernas do homem que dormia numa esteira no chão.

O comandante ainda mantinha hábitos de sua terra natal em Nibiru como o de dormir no chão em uma esteira e manter a barba e os cabelos raspados.

Era Anzu, *aquele que conhece os céus*, um dos mais experientes pilotos de Nibiru, o piloto dos primeiros *Cinquenta*, o homem que pousara com o desterrado Alalu em Lahmu, foi *ressuscitado* pela *Dama da Vida* e agora era responsável pela construção da estação de passagem no planeta próximo a Ki.

Anzu acordou e olhou para o outro astronauta e perguntou:

— O que tens de tão importante para vir aos meus aposentos me acordar?

— Senhor, tenho notícias do reino, que acabamos de receber pelo falador de Ki, que por sua vez as recebeu de Nibiru pelo falador de longo alcance e que antes que sejam divulgadas aos outros homens recebi ordens expressas de primeiro lhe informar.

— Ordens de quem?

— De Enlil, mas que vieram do próprio rei.

Anzu deu um salto. Ficou de pé e a sonolência foi embora como a brisa fria de sua terra. Sabia que eram notícias importantes para ele, pois ele devia saber primeiro. Suspeitou que não eram boas notícias.

— Fale! — disse laconicamente.

— Nerge está morto, morreu durante um combate com a última célula dos revoltosos de Alalu.

Anzu sabia que a notícia não seria boa. Por isso ele deveria ser o primeiro a saber.

— E alguma notícia de Ninurta? — perguntou o comandante, se controlando emocionalmente.

— Ninurta sobreviveu e exterminou os revoltosos e levou o corpo de Nerge para os funerais. O rei lhe dará todas as honras de um herói. Sinto muito senhor.

— Obrigado, tu podes ir.

O astronauta virou-se e saiu dos aposentos do comandante da estação de passagem.

Mal o homem saiu, Anzu ajoelhou-se na esteira e caiu num choro incontrolável.

Nerge era seu sobrinho e o criara como seu filho, pois os pais morreram numa tempestade de neve nas montanhas geladas do norte de Nibiru.

Nerge conhecera Ninurta durante o tempo de aprendizado na Escola de Memória e viraram amigos. Quando Ninurta estava se preparando para tornar-se um celestial, conseguiu que o rei colocasse o amigo na mesma turma e assim os dois concluíram todos os estudos e tornaram-se celestiais juntos.

O espírito volúvel e agressivo do neto do rei era amenizado pelas palavras e o jeito calmo de Nerge; eram opostos no temperamento, mas haviam se tornado os mais famosos soldados do rei no combate aos revoltosos e outros crimes que apareceram depois da revolta de Alalu. Ficaram inseparáveis.

Agora o sobrinho morrera. Anzu não tinha mais nenhum parente vivo. Seu sonho de trazer o sobrinho para a estação de passagem desvaneceu-se. Ao acompanhar Alalu no seu desterro, o fez por fidelidade a um homem que fora tudo. Era a honra tradicional de sua terra. Queria ser lembrado por ter acompanhado um desterrado que fora de tudo na vida. E Alalu era seu parente, parentesco um pouco distante, mas era.

Na ocasião ainda lembrara do sobrinho, mas sabia que este ficaria bem, pois mesmo sendo ainda muito jovem, estava sempre com o neto do rei. Agora, justo no momento que iria pedir ao rei para enviar Nerge para lhe fazer companhia, ele morrera.

Anzu nunca mais seria o mesmo. A tristeza iria acompanhá-lo até o fim de seus dias

## *O DESTINO DOS GUERREIROS*

Milhares de pessoas estavam na região do palácio.

Era o dia de honras e de despedida de um herói — o funeral de Nerge.

Todo nibiruano sabia quem ele fora.

Amigo inseparável do neto do rei, celestial, guerreiro e sobrinho do ainda mais famoso Anzu, o homem que explodira armas do terror em um vulcão, viajara para um dos planetas da Zona Proibida e acompanhara Alalu, *o homem das mil faces,* ao exílio no planeta Lahmu.

Iria ser homenageado e depois seu corpo seria levado para sua terra natal.

Era o que todos imaginavam.

Mas uma decisão do rei e uma mensagem de Lahmu mudaria dois destinos: o de um corpo e o de um guerreiro.

Longe dali um Homem-gir do Dur.An.Ki recebeu uma mensagem pelo falador de longo alcance.

A mensagem vinha de Ki.

Mensagem urgente de Anzu para o rei.

O homem pegou o falador, selecionou a frequência do cristal do palácio e conectou o falador diretamente com o falador da sala de despachos do rei. Normalmente quem atenderia seria o copeiro de Anu. Mas o retorno de Ninurta e os funerais de Nerge mudaram a rotina do palácio.

E esta mensagem mudaria o destino de um morto e de um guerreiro.

Quem atendeu o falador foi o próprio rei.

Quando o cristal mudou de cor e ficou vermelho, o que significava que estava conectado com o do palácio, o homem do *Enlace* disse:

— Mensagem para o rei.

— Aqui Anu, envie a mensagem.

O trabalhador a princípio estranhou o rei atender pessoalmente, mas passada a surpresa enviou a mensagem:

— Para o celestial Anu, rei de Nibiru. Peço que o reino se despeça de meu sobrinho da forma que ele sempre sonhou em ser o seu destino. No espaço. Peço ao rei que lhe conceda este último desejo. Que Nerge seja lançado no espaço. Que seu corpo viaje pelas estrelas como sempre desejou. Fim de mensagem. De Anzu, de Lahmu.

O rei agradeceu e tocou no cristal do falador desligando a conexão com o Enlace.

Anu ficou ainda algum tempo sentado com as mãos a tamborilar sobre a mesa. Pensativo.

Isso mudaria os funerais.

Já tomara a decisão de enviar Ninurta para Ki.

Faria do destino do corpo de Nerge também o destino de Ninurta.

Apertou um pequeno equipamento no braço.

No mesmo instante seu copeiro em outro lugar do palácio recebeu o sinal do rei e dirigiu-se a sala de despachos de Anu.

O copeiro encontrou o rei dando voltas pela sala em silêncio com as mãos cruzadas nas costas. Para chamar a atenção de Anu pigarreou levemente.

O rei parou de andar e virou-se para o copeiro:

— Tenho novas instruções, vou atender a um pedido de Anzu, Nerge não será mais enterrado em sua terra natal, será lançado ao espaço, Anzu quer que o sonho de Nerge em ser astronauta se realize mesmo depois dele morto.

— Sim senhor.

— Quero que faça contatos com o Enlace, mande preparar o Mu real, nesse Mu que seja colocado combustível suficiente para uma viagem a Ki. Quero um astronauta que já foi a Ki e que esteja de folga aqui e que seja designado como piloto, somente duas pessoas irão nele.

O copeiro estranhou esse último pedido, sabia que Nibiru estava longe de Ki, seria uma viagem muito mais longa que as rotineiras. As épocas de lançamento já eram conhecidas por todos. Qualquer lançamento fora dessas datas era feito somente em casos excepcionais. E praticamente nunca houvera casos excepcionais.

O único caso excepcional conhecido fora do próprio Anu quando tivera que resolver conflitos entre os filhos. Mesmo assim o ponto de lançamento ainda fora dentro dos limites aceitáveis.

Na posição atual de Nibiru, que já começava a fazer a grande volta, seria necessário uma viagem bem mais longa. Quem fosse lançado para lá ficaria um tempo muito longo em Ki.

O copeiro curioso não se moveu e ficou ali olhando para o rei.

O rei lhe perguntou:

— Ouvistes o que falei?

— Sim — respondeu o copeiro — mas gostaria de saber o porquê de se fazer um lançamento fora das datas mais propícias e sei que neste caso quem for a Ki fará uma viagem muito longa, poderia o rei me dizer quem vai nesta viagem?

O rei impassível por fora não demonstrou a enorme agitação interior. Estava com o coração em pedaços por ter que enviar o neto nesta viagem. No fundo ainda duvidava se o seu instinto estava certo em enviá-lo.

— Ninurta.

O copeiro tomou um susto com tão repentina decisão.

— Senhor?... O que o Senhor disse?

— Sim, ouviste bem, vou enviar Ninurta até Ki.

O copeiro que assim como todos os nibiruanos adorava o jovem Ninurta e além disso o vira crescer, parecia não acreditar no que o rei estava fazendo e nem o porquê disso. Nunca Anu falara qualquer coisa sobre enviar o neto para Ki;

— Poderia o rei compartilhar com seu copeiro, o motivo de tal decisão? O senhor sabe que o planeta inteiro adora seu neto e seu mais valoroso guerreiro e também sabe que ninguém esconde que futuramente ele seja nosso rei e justamente na despedida de Nerge, o senhor quer mandá-lo para Ki.

— Sim, já me decidi e vou enviá-lo, ele levará Nerge nessa viagem e o soltará no meio do caminho para que Nerge viaje entre as estrelas como queria desde criança.

— Mas por que Ninurta? Qualquer outro pode fazê-lo.

— Ninurta não vai nessa viagem somente para deixar Nerge no espaço, ele vai em uma missão a Ki. Meu neto sempre quis ser astronauta, já tem o treinamento e quero que ele veja o que acontece em Ki e sinto que ele será muito necessário por lá, será meu braço em Ki.

O copeiro baixou a cabeça levemente e ficou olhando para o piso ricamente ornamentado da sala do rei. Estava visivelmente triste.

— O senhor sabe como o povo reagirá com sua decisão, não sabe?

— Sei, reagirá com enorme tristeza. Eu também estou triste, muito mais do pode parecer, mas meus sentidos me dizem que se eu não enviar Ninurta para Ki, podemos ter um prejuízo irremediável em tudo o que lá fizemos.

— O que o senhor sente?

— Só sinto que devo enviar Ninurta, e toda vez que sinto de que devo fazer alguma coisa assim, tenho que tomar decisões repentinas.

O copeiro assentiu.

— Que assim seja então, direi ao Enlace para que suas ordens sejam cumpridas.

O rei balançou a cabeça concordando.

O copeiro abriu a porta para sair, mas virou-se e perguntou:

— Ninurta já foi informado disso?

— Ainda não, vou chamá-lo aqui, quero informar-lhe pessoalmente.

— Sim senhor.

O copeiro saiu e deixou o rei sozinho.

Anu apertou novamente um ponto no pequeno aparelho no pulso.

\*

*Aposentos do neto do rei no Palácio:*

Ninurta estava no banho e viu que o cristal de seu falador de pulso que estava em uma pequena mesa pulsou.

O avô o chamava.

Estava tomando um banho em uma pequena piscina de água quente, na área reservada a ele dentro do palácio.

Uma jovem de cabelos cor de fogo das ilhas do sul, nua, com tatuagens pelas costas e nas pernas, sentada sobre uma toalha na borda da pequena piscina o acariciava e massageava-lhe os ombros.

Ninurta nem lembrava mais quando foi a última vez que tivera um banho assim.

Levantou-se e saiu da piscina. Um gigante, ainda jovem, mas um homem formoso e atraente.

A jovem suspirou pelo fato de Ninurta deixá-la.

Outras duas mulheres saíram de uma das portas que davam acesso a sala de banhos e estranharam que Ninurta estava saindo da sala.

Ambas estavam nuas.

— Tu já vais *Ninu*? — perguntou uma delas meigamente, chamando o neto do rei pelo nome carinhoso com que as concubinas do guerreiro o tratavam.

Ninurta, enxugando-se com uma toalha ainda nu, chegou junto das duas mulheres, beijou cada uma ternamente na testa e lhes disse:

— Bau, minha amada das ilhas do sul, Terde, minha flor das montanhas geladas, meu avô me chama, mas não irei me demorar, voltarei para vós o mais breve, senti vossa falta e quero compartilhar o meu amor com todas, quero despejar minha semente a noite toda, depois levarei Nerge para seu descanso eterno. Preciso de vós para me recompor, a dor da perda é muito grande, vós aplacais minha dor com seus carinhos e seu amor.

As duas mulheres nada falaram. Sorriram docemente para o gigante.

Uma delas pegou as roupas de Ninurta e o ajudou a vestir-se.

Bau, lindíssima vermelha das ilhas do sul, era filha de Anu com uma concubina, portanto, além de esposa, era tia por parte de pai do jovem guerreiro.

Ninurta estava sedento de desejo, as duas mulheres o rodearam, o membro do homem ficou rijo, mas agora não podia ficar em jogos de amor com suas mulheres; o rei o chamara.

Carinhosamente afastou as duas mulheres e as deixou. O jovem guerreiro saiu andando em direção à sala do rei.

Deixou as três para trás.

As duas juntaram-se à vermelha na piscina de águas quentes.

Se Ninurta não podia fazer jogos de amor com elas, as três juntas fariam seus próprios jogos.

*

*Sala de Despacho do Palácio de Eridu:*

Ninurta encontrou o avô, fazendo a mesma coisa de antes de falar com o copeiro — andando de um lado para o outro na sala com as mãos cruzadas nas costas.

*Ele está decidindo algo muito importante pois está inquieto* — pensou o jovem ao ver o avô pensativo e impaciente a andar pela sala.

— A que me chamas meu avô?

O rei virou-se e olhou para o neto.

Ninurta percebeu que o avô estivera chorando.

O carinho e o amor pelo o avô fez ele se aproximar e tocar testa com testa com o rei.

Extremo carinho entre os nibiruanos.

— O que passas meu grande e velho rei? — perguntou Ninurta com a testa colada a do avô, que agora chorava copiosamente.

— Tenho que te mandar a mais uma tarefa.

— Choras somente por isso? Quantas já fiz a seu mando? Agora não será diferente, estou à sua disposição — respondeu Ninurta e afastou a testa da testa do avô e continuou segurando o avô, que apesar da idade ainda era um homem muito forte como fora na época do *Grupo dos Dez*.

— Desta vez é diferente, Anzu me fez um pedido que não posso recusar, e isso vai mudar o destino do corpo de Nerge.

— Qual foi esse pedido?

— De enviar o corpo de teu amigo para o espaço, disse que era o sonho de Nerge ser astronauta e quer que eu faça isso por ele.

— Assim será feito, não vejo dificuldades em tal tarefa, um pedido de Anzu não pode ser recusado.

— Sim e tu é que o farás, já mandei preparar um Mu e um piloto experiente para acompanhá-lo.

Ninurta olhou o rei e percebeu agora que aquele choro não era por um acaso, rei decidira fazer algo e isso certamente tinha a ver com ele.

— Algo mais que eu deva saber? — perguntou o jovem gigante.

— Sim, tu depois de lançar Nerge ao espaço irá para Ki.

Ninurta no fundo, há muito tempo sabia que um dia iria para o *planeta da salvação*, mas não esperava que fosse assim tão de repente.

— Era minha intenção enviá-lo para Ki, assim que terminassem os conflitos com os *assassinos de Alalu*, iria mandar tu e Nerge, infelizmente o Principio mudou meus planos, eu não mando no Destino, sendo assim tu irás só.

— Se essa é sua decisão, assim será feito meu rei.

— Sei que o povo irá chorar por dois guerreiros, mas meus sentidos dizem que para o bem de Nibiru eu devo mandá-lo para Ki, seu pai irá precisar muito de sua coragem. Ninurta sabia das faculdades que há gerações a família real tinha por hereditariedade, de pressentir acontecimentos, entendeu que o avô havia tido esse pressentimento.

— Se assim que meu rei o deseja, assim será feito, vou partir e levarei dentro de meu coração a imensa saudade de vós, meu pai de verdade, pois vós me criastes enquanto meu pai de sangue estava longe.

A saudade de Nerge e de vós irá me corroer, mas se é para o bem dos nibiruanos irei fazê-lo sem temor. Entendi que um Mu será usado, pois em tão pouco tempo um Dingir não poderá ser posto para a partida e se demorarmos nem mesmo com um Dingir chegaremos a Ki pois Nibiru já estará na Grande Volta

— Certamente, mandei preparar o mais novo dos aparelhos que temos, já verifiquei com o Mestre do Enlace há poucos instantes, as Tábuas do Destino já estão prontas e o Mu fará o trajeto com segurança, não passarás pelas grandes pedras, será um trajeto mais longo, mas o Principio o guiará até Ki, ao seu pai, à sua mãe e ao seu tio.

— Assim seja! — respondeu Ninurta — Só lhe farei apenas um pedido.

— Pode pedir.

— Levarei Bau, Terde e Guni comigo, não posso ir sem elas.

— Sim pode levá-las.

Ninurta tocou testa com testa no avô e se retirou.

## CAPÍTULO VI
## O REI DITA SUA DECISÃO

PRELÚDIO

— Mulher corre aqui, venha ouvir isso.

A senhora que estava a cozinhar o desjejum da família correu para onde o marido estava na sala ouvindo um falador.

— Povo de Nibiru, o rei falará a vós dentro de instantes.

A mulher não estranhou o rei transmitir mensagens no falador e virou-se para o marido. Não era incomum.

— O que tu ouvistes homem, que tão assustado ficastes para gritar como *um sem razão*? Certamente o rei falará de Nerge.

— Tenho certeza que falará algo mais, pois o copeiro já falou dos funerais de Nerge.

Então a mulher passou a dar ouvidos ao marido e o que viria no falador.

— Povo de Nibiru, aqui quem vos fala é Anu, tenho notícias a dar-lhes sobre os destinos de Nerge e de Ninurta.

O marido virou-se para a mulher e lhe disse:

— Não disse, ó mulher, eu sabia que não era qualquer coisa, vamos ouvir.

— Venho informar que o corpo de Nerge será lançado no espaço, atendendo desejo de Anzu, seu único parente e tio, e quem irá fazê-lo será Ninurta, seu melhor amigo e companheiro de todas as horas e de lutas, lutas feitas em prol da segurança de todos nós.

A mulher começou a ficar ansiosa.

— Mas o que ele quis dizer sobre o destino de Ninurta?

— Vamos ouvir.

O rei fez uma pausa e prosseguiu:

— Depois de lançar Nerge no espaço, Ninurta irá para Ki...

— O quê? — gritou a mulher — não... não... não pode... ele não pode mandar Ninurta para aquele planeta tão longe de nós.

— Eu sabia que havia algo assim para o próprio Anu vir falar a Nibiru inteiro.

Baixou a cabeça com tristeza.

A mulher cobria a boca com as mãos e olhava para o falador como se não acreditasse no que ouvira.

Chorava.

E assim como ela milhões de nibiruanos choravam.

Nibiru chorava.

Seu filho mais querido iria para um planeta distante e passaria um tempo longuíssimo longe de casa.

## NIBIRU CHORA

Milhares de homens e mulheres passavam em cortejo pela esplanada próxima ao palácio real.

Dia de despedida de Nerge.

O povo já chorava a morte de um dos heróis de Nibiru, um dos homens de negro que participaram do fim dos assassinos de Alalu e justamente no último embate encontrara a morte numa floresta no sopé de montanhas geladas.

Mas agora Nibiru chorava duplamente.

O rei em pleno funeral de Nerge, acabara de anunciar que Ninurta lançaria o corpo do guerreiro no espaço e depois partiria para um distante planeta da Zona Proibida.

— Mas como? Por quê? — era a pergunta mais comum. Ninguém entendia e nem sabia os motivos que levaram Anu a tomar a decisão de enviar o jovem Ninurta para Ki.

Só havia uma certeza, que Nibiru perdera de uma só vez dois heróis, dois jovens que muito fizeram pelo povo nibiruano.

O esquife de Nerge ricamente ornamentado, ladeado por flores, estava em plena praça da esplanada, muitos e muitos já haviam passado para prestar suas homenagens, uma fila gigantesca se fazia para isso.

A noite se aproximava e a hora da despedida também.

Já estava escuro quando o rei, sua esposa, seu copeiro, Ninurta e suas mulheres se acercaram do caixão.

Príncipes estavam por ali.

Damkina, esposa oficial de Enki, estava ali com seu filho Marduk, o *Nascido em lugar puro*, assim como outros jovens da realeza que acompanhavam o rei nas suas homenagens.

O rei e sua comitiva pararam a poucos metros defronte ao caixão.

Os cristais de iluminação foram apagadas e cada presente acendeu uma pequena haste de madeira que faiscava, tradição em qualquer funeral.

A praça iluminou-se com milhares de pequenas luzes faiscantes. Muitos choravam.

O rei mantinha o olhar firme para o esquife.

Ninurta com a cabeça baixa chorava em silêncio, ainda tinha que fazer o mais difícil, soltar o corpo do amigo no espaço.

Nesse momento, os homens do grupo de *Guerreiros do Rei*, aqueles que foram enviados em pequenos grupos atrás dos *Revoltados*, apareceram voando sobre a esplanada em Discos, pelo menos duas dezenas de homens, lado a lado, lentamente.

Cada um carregava na mão esquerda uma haste de madeira faiscante, um cortejo no céu.

A emoção tomou conta de todos.

Lentamente aqueles homens sobrevoaram a multidão e o esquife. Deram voltas e foram embora.

Em seguida dois Mu, chegaram voando sobre a praça, a grande altura, soltaram fogos de suas comportas, como se faziam nas festas do frio e do calor.

Um espetáculo de fogos cobriu a capital que podia ser visto até do porto de Agadé.

Um dos aparelhos se afastou e outro lentamente foi descendo e ficou quase na vertical do esquife. Suas duas asas retráteis estavam completamente distendidas, um enorme pássaro com seu centro fulgurante que brilhava multicor.

Aquele brilho multicor da parte inferior do Mu, espalhou por grande parte da área, dando ao lugar um cenário deslumbrante na despedida de um guerreiro.

Dois homens se acercaram do esquife e prenderam em cada lado dois cilindros. Projetores de ultrassom.

Um outro trouxe um Disco para Ninurta que ficou segurando com a mão esquerda.

Três dos *Guerreiros do Rei* que sobrevoaram a esplanada em Discos, retornaram e pousaram próximo a comitiva real.

Tudo sincronizado.

Ninurta aproximou-se do avô e pediu sua benção:

— Meu rei, parto para Ki, mas parto com o coração dilacerado por deixá-lo e deixar Nibiru, vou corroído pela saudade de Vós.

O rei já não escondia as lágrimas, mesmo que somente as luzes das hastes iluminassem de forma crepuscular o local e o brilho multicor rodeando tudo.

— Meu querido neto, minha alma parte contigo, sempre estarei aqui pedindo ao Princípio que te proteja.

— Assim seja! — disse o jovem de olhos vermelhos.

— Que o Principio proteja a todos nessa viagem — disse olhando também para as mulheres de Ninurta.

— Assim seja! — responderam as três em uníssono.

Logo a seguir os três homens ligaram seus Discos e as três mulheres de Ninurta subiram e agarraram-se aos homens.

Os três Discos com os homens e mulheres começaram a subir lentamente na direção do Mu e entraram pela comporta lateral.

Ninurta tocou testa com testa com o avô e ficou assim longos minutos.

Como o esquife e a comitiva real estavam no pátio mais alto que o nível da esplanada, milhares de Nibiruanos viam seu maior guerreiro e o rei numa longa despedida.

Depois o neto de Anu virou-se, com o Disco na mão, foi na direção do caixão.

Pegou com os dois homens o controle dos projetores de ultrassom e os ligou.

O esquife lentamente foi elevando-se, ficando na altura de sua cintura.

Ligou o Disco e ficou flutuando ao lado do esquife, segurou com a mão direita uma pequena alça metálica do caixão.

E foi lentamente subindo na direção do Mu.

Duas luzes dispostas no chão, foram ligadas e passaram a iluminar o homem que subia com o esquife, o metal brilhava como uma estrela.

Um espetáculo ao mesmo tempo bonito, mas triste

O choro aumentou entre a multidão.

Ninurta entrou na comporta do veículo.

Logo em seguida os três Discos e seus celestiais saíram da comporta do Mu, que fechou-se atrás deles.

Os três homens abandonaram o Mu e desceram numa velocidade alucinante, iluminados pelos dois faróis terrestres, passaram a baixíssima altura sobre a multidão e sumiram na escuridão da noite.

O Mu circulou ainda a cidade num último adeus e disparou rumo ao céu de Nibiru e suas luas.

A grande altura fechou suas asas e entrou no negrume do espaço cósmico.

Nibiru inteiro continuava chorando.

## CAPÍTULO VII
## A SEMENTE DE ENLIL

### PRELÚDIO

— Ninhursag, tenho uma notícia.

Ninhursag, que estava sentada examinando material coletado dos astronautas no seu laboratório no centro médico do E.din voltou-se, encarou o homem que lhe trazia notícias desagradáveis.

— O que tu trazes de tão ruim assim?

— Enlil, cometeu amor forçado com uma de tuas enfermeiras, Sud, em sua casa na Montanha dos Cedros. Sud o denunciou. Mas ouve-se por aí que ela fez isso de forma proposital, incitada por sua mãe para conseguir o amor de Enlil.

Ninhursag, assustou-se de tal forma com a notícia que deixou cair o copo de barro de sua mão que espatifou-se no chão de pedra.

Sabia que o que o meio-irmão e pai de seu filho fizera era gravíssimo e que pelas leis de Nibiru, que também valiam em Ki, não ficaria impune. A mulher colocou as mãos no rosto e chorou.

Passados alguns instantes, se recompôs e em tom ríspido falou:

— Independentemente de que ela tenha arquitetado isso para conseguir o amor de meu irmão, Enlil deve ser julgado. Convoque os *Sete que tudo julgam*.

— Sim senhora.

O homem se retirou.

*Todos sabem que quando essas vermelhas querem seduzir alguém, dificilmente o homem consegue escapar, mas a disciplina neste planeta é essencial para o sucesso da missão* — pensou a cientista.

Ninhursag, dirigiu-se a uma outra sala e ligou um falador.

Iria dar a terrível notícia a Enki, que estava no Abzu, na parte sul do planeta minerando ouro. Sabia que este ficaria muito triste com o que o meio-irmão fizera e o que poderia acontecer com ele.

## *TRAMA DAS VERMELHAS*

A festa era pela chegada da *Dama*, suas *ajudantes da Vida* e outros astronautas.

Comida, bebidas e músicas embalavam os homens e mulheres.

Dois homens faziam uma espetacular apresentação — Estavam unidos por uma vestimenta que imitava um ser mitológico de Nibiru, e faziam uma dança e saltos em cima de pequenas hastes com altura maior que o maior dos annunaki, movimento ao mesmo tempo gracioso, pois saltavam pisando no topo de cada poste como se fosse uma criatura de oito patas de Nibiru e também perigoso já que faziam isso andando e saltando para trás. Qualquer erro cairiam ao chão.

A moça e sua mãe conversavam animadas, mas em voz baixa no grande salão de festas de Eridu.

Eram duas ajudantes e haviam chegado junto com a *Dama da Vida* para auxiliarem os astronautas em Ki.

Ambas eram belíssimas, duas *vermelhas* dos mares do sul, mãe e filha, quem não as conhecesse poderia pensar que eram irmãs, a mãe tivera Sud muito nova e era tão bela quanto a filha. O marido morrera em um ataque dos *assassinos de Alalu*, por isso quando Ninhursag fez o convite para virem a Ki ela aceitou e trouxe a filha junto, seria bom para esquecer o que lhe acontecera e apagar as marcas da saudade de seu jovem marido, morto covardemente.

Logo quando chegaram, Sud viu Enlil no grande salão de festas e muito amiga da mãe confidenciou-lhe:

— Mãe, Enlil é muito bonito, muito mais bonito que as imagens que nós recebemos em Nibiru e também é solteiro.

— Interessou-se por ele minha querida filha?

— Sim, mas como irei me aproximar? Não sei o que fazer, não tive nenhum homem ainda.

— Vou lhe dar as informações que precisas para conquistá-lo.

A mãe começou a falar baixinho para Sud.

Ao final dos *conselhos* da mãe, a moça pegou um copo de bebida, levantou-se e foi na direção da grande mesa onde estavam os irmãos, filhos do rei, que conversavam alegremente.

Enlil estava na cabeceira da mesa. A moça passou por trás de Enlil e fingiu topar e cair. Durante a queda jogou o conteúdo do copo nas costas do mandatário.

Enlil assustou-se com o líquido nas suas costas, levantou rapidamente para ver o que havia ocorrido e viu a moça caída ao chão.

Foi em seu socorro. Levantou-a cuidadosamente. Sud fingia ter machucado os joelhos na queda.

— Como estás? — perguntou Enlil.

— Obrigado senhor, estou bem.

O que a jovem queria ela conseguira, chamar atenção de Enlil e mais que isso.

A mãe sabia da beleza de ambas e sabia que nenhum homem que estivesse muito tempo distante dos jogos de amor, poderia resistir a uma *vermelha das ilhas*, seus cabelos cor de fogo e suas tatuagens exóticas e atraentes.

E Enlil não resistiu.

Embalado pela bebida, a alegria contagiante do lugar e do momento, caiu perante a beleza de Sud.

— Como é teu nome?

— Sud, Mandatário.

— Quer sentar comigo, Sud? E chame-me de Enlil... sua companhia muito alegrará minha noite, há tanto tempo sem companhia feminina.

— Sim aceito.

— Venha sente conosco, beba comigo.

A mãe ao longe sorria disfarçadamente.

*Homem algum jamais resistiu aos encantos de uma vermelha* — pensou satisfeita e nem mesmo Enlil, o Senhor de Ki resistiria.

Enlil ofereceu bebidas e Sud prazerosamente aceitou.

Enlil convidou Sud a dormir com ele.

— Sou donzela, minha vulva não conhece homem algum, não conheço nenhum ainda.

O chefe dos *descidos do céu* quase enlouqueceu. Passou a querer aquela belíssima *vermelha* a qualquer custo.

Enlil insistiu. A jovem foi irredutível e não aceitou.

Enlil por fim disse:

— Aceite então meu convite para visitar minha casa na Montanha dos Cedros.

— Aceito, será um prazer compartilhar essa viagem contigo.

Sud parecia ter aprendido rapidamente que a beleza estonteante das mulheres do sul enfeitiçavam qualquer nibiruano, apesar de ser jovem, habilmente e também ardilosamente encantava o maior do *descidos do céu* em Ki.

A mãe só não contava que o feitiço seria tão grande que Enlil faria *amor forçado* com uma donzela.

Depois da volta da Montanha dos Cedros, a jovem escondeu da mãe, não queria que Enlil sofresse qualquer punição, já que sabia que amor forçado era crime grave, mas confidenciou a uma ajudante que Enlil havia jogado sua semente em seu ventre.

Foi questão de tempo, que essa confidência, de boca em boca chegasse à *Dama da Vida* que pediu um julgamento.

E os *Setes que tudo julgam*, perante aos Annunaki consideraram Enlil culpado e ele foi exilado.

Mas Sud se apaixonara e aconteceu algo que salvou Enlil.

***

*Eridu*:

— Quero um novo julgamento e darei perdão a Enlil, estou esperando um filho dele.

Ninhursag não sabia se gritava de alegria ou se abraçava a *vermelha* Sud.

As duas estavam em Eridu e Sud pedira para conversar com Ninhursag que depois que Enlil fora desterrado estava encarregada de chefiar as instalações em Eridu, enquanto Enki estava no Abzu construindo as instalações de mineração usando os novos equipamentos que a irmã havia trazido de Nibiru.

A *Dama da Vida* sentia imensa saudade do irmão desterrado.

Mas disfarçou sua alegria e respondeu à jovem:

— Tens certeza?

— Sim, tenho, quero Enlil perdoado, meu filho precisará conhecer o pai.

— Então pedirei um novo julgamento e neste julgamento darás teu testemunho e teu perdão.

— Concordo, assim farei.

## CAPÍTULO VIII
## DESTERRADO NAS MONTANHAS GELADAS

PRELÚDIO

O homem maltrapilho com as roupas surradas denotava que estava há algum tempo por ali.

Ele mesmo fizera suas precárias instalações de morada, pois fora deixado naquele lugar com o mínimo para sobreviver.

O desterrado cometera um crime grave de amor forçado. Pagaria com o exílio até seus últimos dias, que poderiam ser curtos ou longos e isso dependeria de sua adaptação ao lugar onde fora deixado.

O homem olhou ao redor de sua moradia, uma pequena cabana feita de tronco de árvores cortadas e coberta com folhagem, avistou um rio estreito de águas cristalinas que cortava o vale de sul a norte, com uma densa floresta dos dois lados, tudo rodeado por enormes montanhas com a maior parte coberta de gelo.

O lugar era muito bonito, mas uma beleza que não poderia admirar, sua sobrevivência vinha em primeiro lugar.

Já conseguira se salvar na floresta de dois enormes animais de *dentes longos,* dentes que ficavam pra fora da boca, usando a pequena pistola de raios que fazia parte de seu pequeno conjunto de sobrevivência. Era o que mais temia ali, costumava ouvir seus rosnados à noite.

Outro perigo eram os *rastejantes sem pernas*. Pelo tempo que havia passado no planeta e os acidentes em Eridu com os *sem pernas,* sabia que sem socorro morreria em pouco tempo se um *sem pernas* o mordesse. Em Eridu havia como serem aplicados antídotos, mas isso era uma regalia que ele não tinha no exílio.

Caminhou na direção do pequeno rio.

Sentou-se no pequeno trapiche de troncos que usava para banhar-se e refrescar-se. Colocou os pés na água gélida e ficou ali por longo tempo, balançando-os. Neste dia já havia apanhado comida na floresta e pegado peixes no rio. Estava saciado.

Olhou para as montanhas. Enlil esperava ir até elas logo que Abgal pudesse chegar com um material que havia pedido para o piloto trazer escondido até ali. Somente após isso iria para as montanhas. Seria uma viagem penosa e demorada.

O exilado havia feito esse pedido à Abgal na última visita do celestial que o deixara ali.

Esperava ansioso a próxima visita do piloto.

Ninguém poderia saber o que Abgal traria para ele ou o celestial seria punido. O que os *Sete* haviam dado a Enlil foi considerado como suficiente para sobreviver.

E a visita não demorou a acontecer. Já fazia muito tempo desde a anterior.

Avistou o pequeno aparelho vir voando baixo por cima do pequeno rio.

Tirou os pés da água e saiu correndo para sua casa morro acima.

O piloto pousou na clareira ao lado de sua morada de madeira.

Era uma visita que Enlil sempre esperava com enorme ansiedade, isso o fazia manter as forças para continuar vivo.

Era um astronauta de um planeta distante desterrado em Ki.

## *AS SETE ARMAS DO TERROR*

A viagem para as montanhas já fazia várias noites de Ki.

O desterrado ao entardecer improvisava um abrigo. Sempre procurava uma caverna, mas quando não encontrava dormia em qualquer lugar. Já estava adaptado ao ambiente. Era assim ou morreria.

Mas Enlil tinha um objetivo — roubar as armas do terror que Enki escondera e que o falastrão Abgal havia mostrado onde estavam e, pior ainda, havia deixado o exilado em um vale próximo. O piloto imaginava que o exilado nunca alcançaria a cidadela no topo de uma montanha.

Realmente Enlil nunca conseguiria chegar à cidadela que o irmão construíra. Era inacessível por terra. Muito tempo atrás Enki pousara próximo ao topo da montanha e paulatinamente num trabalho árduo, construíra um *acampamento no céu*.

Espetacular.

Para conseguir chegar até onde estavam as armas do terror somente com algum equipamento de voo. O que lhe era impossível e nem Abgal o levaria até lá. O celestial nunca correria esse risco, pois se um dia fosse descoberto que levara o exilado até lá, o veredito de Enki seria sua morte por traição. Assim Enlil sequer pensara em pedir isso ao piloto.

Pedira apenas um equipamento de ultrassom usado para carregar cargas pesadas.

— É para eu poder mover alguns troncos maiores, ajude-me Abgal, logo que terminar eu o devolverei, ninguém sentirá sua falta por poucos dias.

Não pediu um equipamento de ultrassom completo, que normalmente era composto de quatro cilindros, pediu apenas dois cilindros.

Levou tempo para convencer o piloto, mas finalmente ele trouxera os dois cilindros.

Enlil largou seu refúgio ainda no escuro da madrugada de Ki e com um cesto de cipós entrelaçados colocou sua alimentação para muitos dias e também água em pequenos recipientes feitos de um fruto que seco podia armazená-la. Estava aprendendo a usar o que tinha a seu dispor ali naquele vale.

Só morreria mais cedo por um acidente ou ataque de animais, mas de fome e sede não. Já se tornara um sobrevivente.

— Estou parecendo com Alalu, só falta eu arranjar um pequeno *dentes longos*... — falou consigo mesmo e sorriu. Muito tempo sozinho e adquirira o hábito de falar sozinho.

Não achou a ideia tão ruim.

— Pode ser um excelente companheiro. Na primeira oportunidade vou começar a procurar algum animal que possa me acompanhar.

Recolheu-se para dormir. Apanhou pequenos gravetos e fez fogo. Não achara uma caverna, mas um pequeno abrigo na lateral da montanha.

Já tivera dias difíceis na jornada. Apanhara chuva, escapara de deslizamentos de neve. Mas conseguiu prosseguir, passando por enormes montanhas e vales verdejantes no sopé de algumas.

Até que avistou a enorme montanha, no meio de tantas outras da cordilheira.

Agora a parte mais complicada — chegar à cidadela no topo.

Começou a subida.

Onde dava para caminhar, fazia o caminho devagar. Quando havia uma escarpa subia lentamente pelo paredão. As mãos começaram a ficar ensanguentadas com vários cortes feitos pelas pedras pontiagudas.

Mas não desistiu.

Abgal lhe dissera logo após mostrar-lhe as armas:

— Enlil, pega as armas e se insurge contra todos e volta para Eridu.

Enlil não aceitou a sugestão na ocasião. Não adiantaria muito chantagear os demais astronautas, assim nunca seria reconhecido verdadeiramente como líder, mas como um opressor e caso não conseguisse seu intento de subjugar os demais, seria executado juntamente com o piloto que lhe dera a sugestão e o ajudara no golpe.

Cometeu um crime e pagaria sozinho pelo mesmo e não levaria ninguém mais a ter um destino como o dele ou pior.

Mas não queria deixar Enki com esse trunfo. Iria enganar o irmão. Não queria que mais ninguém soubesse onde estariam as armas depois que ele as roubasse.

Seu plano era simples, tirar as armas do lugar que Enki deixara e deixar na cidadela, mas não no lugar original. Não conseguiria descer com as armas montanha abaixo.

Os dois pequenos cilindros de ultrassom cada um do tamanho de uma mão seriam úteis.

Quando chegou a um ponto da montanha que não dava para subir nem usando as mãos, com escarpas verticais pegou os dois cilindros da bolsa e amarrou um de cada lado da cintura. Pegou o controle com a mão esquerda apertou um pequeno botão em baixo relevo e ativou os cilindros. Começou a flutuar.

Com as mãos foi se segurando nas rochas com muito cuidado, se suas mãos se soltassem das rochas na subida, seria morte certa, iria flutuar entre as montanhas e acabaria a energia do equipamento e cairia.

Foi subindo lentamente, com extremo cuidado, até que chegou à cidadela.

Arrastou-se até a primeira rua de pedra. A cidadela não era tão grande, havia algumas ruas de pedra e vários terraços. Quando fosse maior seria ainda mais espetacular do que era. Enki parara sua construção por causa das obras no Abzu, a prioridade era a extração do ouro.

Já estava anoitecendo e nuvens cobriam tudo. Procurou a casa de pedra onde Enki ficava quando vinha para sua casa nas nuvens.

Procurou madeira para queimar e não encontrou. Corria o risco de morrer congelado.

Entrou na casa de pedra, estava frio, mas menos do que no lado de fora. Não podia ficar muito tempo na montanha. Estava cansado. Deitou num canto, cobriu-se com o velho cobertor que lhe fora dado, o agasalho com que fora deixado no exílio, apesar do desgaste ainda o protegia. Recolheu as pernas em posição fetal e dormiu.

Na manhã seguinte, mal Apsu apareceu, levantou-se. Comeu a carne seca que havia trazido e dirigiu-se a um lugar da cidadela, mentalizou o lugar e escavou uma enorme buraco, num ponto em que achava que ninguém por ali passaria, depois foi para onde estavam as armas escondidas.

Quebrou as pedras com a figura incrustada.

Usou os cilindros de ultrassom para tirar as setes armas, que eram enormes cilindros com furos frontais e levou uma a uma flutuando para o local escavado.

Sem os dois cilindros nunca conseguiria levá-las sozinho com a força de seus braços.

Ao final do dia, cansado do trabalho, voltou para casa de pedra, comeu mais carne seca e frutas, tomou um pouco de água e dormiu.

No amanhecer começou a jornada de volta para sua casa de madeira no vale do exílio. Havia roubado do irmão as últimas *armas do terror* de Nibiru, que nunca deveriam ter vindo para Ki.

Um ato que no futuro custaria caro aos astronautas de Nibiru.

O exilado começou a descer lentamente usando os cilindros de ultrassom, rezando para o Princípio que a carga aguentasse até descer da parte mais íngreme da montanha.

## CAPÍTULO IX
## O CASAMENTO DO MANDATÁRIO

PRELÚDIO

Quase todos os astronautas estavam na imensa plataforma de pouso de Eridu.

Enki viera às pressas do Abzu e a irmã estava ali com ele.

Feliz porque o meio irmão fora perdoado por Sud e os *Sete* o haviam reabilitado como mandatário. Tudo voltaria a ser como antes.

Pelo falador do pequeno Enlace de Eridu, já sabiam que Abgal estava voltando. Fora buscar Sud e Enlil além do grande oceano.

O aparelho vindo do oeste, chegou em Eridu quase ao anoitecer, veio flutuando por sobre os canais e o pequeno porto e pousou na imensa plataforma ao lado do enorme Dingir que trouxera a *Dama da Vida*.

A noite seria de festa.

Enlil desceu acompanhado da belíssima vermelha.

Ninhursag sorriu levemente.

*Qualquer homem perderia o juízo por uma mulher dessas ainda mais depois de tanto tempo sozinho neste planeta* — pensou a cientista.

Os astronautas foram recepcionar o casal.

Nessa noite haveria o primeiro casamento em Ki e não seria um casamento qualquer — seria de um príncipe de Nibiru.

Todos foram caminhando em direção ao enorme salão.

Os cristais de iluminação foram desligados, somente tochas eram usadas, com homens e mulheres formando um corredor em direção ao salão.

Sud e Enlil caminhavam na frente do cortejo, seguidos por Enki, Ninhursag e os outros.

Os últimos astronautas que seguravam as tochas iam se juntando ao cortejo, assim ia se desfazendo o corredor e transformando-se numa procissão seguindo os noivos e os príncipes Enki e Ninhursag.

Na porta do salão estava a mãe de Sud.

A mulher estava radiante. Sua filha ia casar com o maior dignitário de Ki e herdeiro direto do reino.

Para quem viera a Ki apenas como ajudante da cientista chefe do reinado era algo nunca pensado. Seus netos seriam príncipes.

Enlil parou em frente a mulher e disse:

— Sinto-me feliz em desposar Sud, sua filha.

A mãe começou a chorar. Abraçou a filha e o futuro genro.

— Que o Princípio a todos proteja — disse a *vermelha.*

— Assim seja! — responderam Enlil e Sud.

Depois todos entraram no imenso salão.

Os astronautas entraram carregando as tochas e foram colocando algumas nos suportes das paredes e as excedentes foram apagadas em tinas com água.

Na grande mesa ficaram os irmãos, Sud e a mãe.

Enki levantou as mãos para o alto e falou:

— Homens e mulheres de Nibiru, pelos direitos a mim concedidos pelo Reino de Nibiru, pelo edital dos *Sete que tudo julgam*, digo que a Enlil, filho de Anu foi concedido perdão e a reintegração de todos os seus direitos.

Os presentes aplaudiram.

Enki continuou:

— Também pelas regras ditadas por Anu para a administração da missão neste planeta, devolvo a Enlil, filho de Anu, a condução dos trabalhos em Eridu e seus acampamentos, que volte a ser o Senhor do Mandato.

Novamente aplausos.

— E pelas regras de desposamento do Reino, celebro aqui a união de um Homem e uma Mulher que por vontade própria e pelos designíos do Princípio passam a viver em união. A mulher agora será chamada de Ninlil, a *Dama do Mandato*. Que o Principio proteja esta união.

— Assim seja! — todos os presentes responderam em conjunto.

E um a um foram encaminhando-se ao mais novo casal real de Nibiru, carinhosamente cumprimentado com abraços.

A festa estava só começando. Ao raiar do próximo dia, o salão ainda estaria cheio de homens e mulheres embalados pela música e pela bebida festejando o primeiro casamento de um príncipe longe de Nibiru.

*** 

*Nibiru*:

O copeiro do rei recebeu pelo falador a mensagem vinda do Enlace:

— Informamos à Casa Real de Nibiru, que Enlil foi perdoado pelos *Sete que tudo julgam* de Ki, sendo reintegrado ao mandato expedido por Anu, o celestial, e desposou Sud, que agora é chamada de Ninlil, a *Dama do Mandato* e em breve dará ao reino mais um descendente da casa de Anu.

O copeiro saiu correndo pelos corredores do palácio atrás de Anu que nesse momento dormia em seus aposentos.

O rei não se importaria de modo algum em ser acordado com essa notícia.

## O PRIMEIRO ANNUNAKI DE KI

O Mandatário estava impaciente do lado de fora da sala onde sua esposa Ninlil, *A Dama do Mandato*, estava prestes a dar à luz a seu primeiro filho. Andava de um lado para outro.

*A Dama da Vida* era a parteira, não havia ninguém melhor que ela para acompanhar o nascimento do primeiro Annunaki em Ki.

O choro de um bebê, o fez parar de supetão. Parecia querer ter ouvidos de um *dentes longos* das montanhas frias e geladas deste planeta. Ouviu o choro de novo.

— Pai... sou pai de novo... — uma alegria irrefreável tomou conta do maior dos Annunaki de Ki — alguns que estavam perto ou passando, ganharam abraços e olhavam surpresos, o *Senhor do Mandato*, mas entendiam a razão de tanta alegria. O astronauta passara longo tempo longe do pai, do filho e de Ninhursag e agora se casara e acabara de ser pai novamente, tudo isso muito longe de seu planeta natal.

Nascera o primeiro Annunaki de semente real fora de Nibiru.

Nenhum daqueles homens e mulheres que vieram de um lugar tão longínquo poderia imaginar algo assim.

Mas, um nibiruano num passado distante já previra isso — Anshargal, o *Maior dos Príncipes* — o rei que lançara os nibiruanos ao espaço muitos shars atrás sabia que o destino dos nibiruanos estava além de seu planeta.

Uma das assistentes da meia irmã do mandatário abriu a porta e acenou com a cabeça para que ele entrasse na sala de parto.

O gigante entrou feliz — o seu segundo filho, seria o primeiro filho nascido num planeta fora de Nibiru, nunca poderia sequer sonhar que tal coisa fosse acontecer.

Acercou-se da esposa, a linda vermelha Ninlil, deitada na cama, que segurava o bebê próximo ao peito.

Olhou para a *Dama da Vida* que lhe sorria. Tão alegre quanto ele.

Enlil abaixou-se e beijou ternamente a esposa na testa.

— Veja esposo, este é Nannar, *Aquele que brilha*, nosso filho.

O homem pegou o bebê no colo com um enorme sorriso no rosto.

— Tens razão, o nome lhe é adequado, brilha como a luz de Apsu.

Levantou o filho acima de sua cabeça e disse:

— Que o Principio o proteja.

— Assim seja! – responderam todos que estavam na sala.

— Assim seja! — disse Enlil beijando a testa do bebê.

## CAPÍTULO X
## O OURO DA SALVAÇÃO

PRELÚDIO

Enki apertou um pino que comandava a máquina de perfuração.

A máquina praticamente sem nenhum ruído funcionou:

— Funcionando bem, Senhor — disse Isimud, seu Vizir, o segundo em comando no Abzu.

— Sim, Isimud, funciona perfeitamente, essa será nossa principal ferramenta, vai melhorar muito os nossos trabalhos, deixaremos o trabalho de extração manual para a extração mecânica.

— Pelo Princípio, ninguém mais suportava fazer tudo com ferramentas manuais, será um alívio para nós.

O *agretador*, era um projeto seu, e na última viagem de um Dingir para Nibiru tinha enviado para que fossem feitas suas peças e chegaram no Dingir que trouxera Ninhursag.

Disparava um raio que abria buracos nas paredes, um recipiente na frente recolhia as rochas, as triturava e passa-as para uma esteira na parte de trás, onde uma canaleta as juntava com água que caíam numa centrífuga. Todo essa material entrava numa máquina muito maior, cujas partes foram pré-fabricadas em Nibiru e montadas ali para que fizesse a lavagem com água, centrifugação e todo o processo de extração do ouro salvador. Todas as peças e os materiais de montagem que chegaram em Eridu foram colocados em um barco e trazidos até o Abzu, no grande continente próximo ao polo sul de Ki.

## *ABZU*

As sondagens feitas por Enki em seus voos de exploração planetário mostraram que havia ouro em grande quantidade no solo, contudo para extraí-lo em grande quantidade precisariam de máquinas.

E agora a principal delas estava pronta. O agretador seria usado para perfurar as laterais de morros e montanhas criando cavernas artificiais onde os astronautas trabalhariam.

Outras máquinas menores, fabricadas em Nibiru e montadas do mesmo modo que o agretador, complementariam a extração. Seriam movidas com motores usando *água*, abundante na região do Abzu, a mais econômica e melhor opção.

O ouro depois de processado seria convertido em barras a serem levadas de barco para Eridu e de lá enviadas para a estação de passagem em Lahmu. A estação naquele planeta próximo agora tinha um novo nome: *Estação Anjo*. E os homens que lá trabalhavam com Anzu passaram a ser conhecidos como *Anjos*.

Abzu era uma região aprazível, mais quente que em Eridu e do que a Montanha dos Cedros, apesar do planeta estar em plena era glacial.

Mas o trabalho nas minas tornou-se insalubre para os nibiruanos, acostumados com temperaturas frias de Nibiru e de Ki numa Era do Gelo, dessa forma começaram a sentir os efeitos do trabalho duro de mineiros debaixo da terra.

E tinham que continuar a extrair sem parar, pois o processo era lento e Nibiru precisava do ouro salvador. Extrair do solo, separar, moer e transformar em barras era um trabalho demorado. Mais demorado ainda era o transporte para Eridu em barcos.

A dureza dos trabalhos nas minas de Abzu cobraria um preço alto da liderança da missão e dos astronautas transformados em mineradores.

A poucas centenas de metros das minas ficavam as instalações de Enki. Um contraste.

O local de moradia e permanência dos mineradores não era desconfortável. Casas de pedra com condições adequadas eram utilizadas por todos.

As instalações de morada de Enki, que demorou muito tempo para ser construída, lembrava construções elegantes de Nibiru.

Toda em azul, circundada por pequenos canais com água desviada de um grande rio próximo, com jardins e árvores frutíferas trazidas de Nibiru pela meia irmã.

Lembrava também o E.din, mas em menor tamanho, mas nem por isso menos bonito.

Uma pequena pirâmide já fornecia a confortável energia elétrica para todas as instalações e o obelisco sempre presente em qualquer cidade de Nibiru, ali estava no Abzu fornecendo energia para todos os cristais de iluminação e outros aparelhos.

O sinal de posição era irradiado pela pequena pirâmide para os aparelhos voadores que iam e vinham de Eridu regularmente.

Uma sala de Enlace foi montada para fazer as comunicações com o principal acampamento que ficava muito ao norte e ao lado da pequena edificação de pedra, ficava a zona de pouso.

Muitas voltas de Ki ao redor da estrela mãe do sistema se passaram até que o Abzu chegasse a ficar pronto e funcional.

Certo dia, no meio da manhã, um aparelho voador vindo de Eridu informou pelo falador do Abzu que Enki estava voltando e trazia Ninhursag com ele.

Isimud foi informado.

Saiu da casa de pedra onde ficava a administração do Abzu e foi esperar Enki e a irmã na plataforma de pouso que ficava a algumas centenas de metros.

Postou-se na lateral da plataforma.

Não demorou muito a avistar o aparelho voador de Enki.

*Como será que ele conseguiu persuadir a irmã para vir para cá com ele* — pensava o Vizir —*ela sempre recusou convites para vir até o Abzu*.

O aparelho trovejando sobrevoou a região e depois veio para o pouso.

— *Esses novos aparelhos são muito barulhentos* — pensou o Vizir incomodado. Era um astronauta já calejado e estava em Ki desde a primeira missão, já podia ter voltado para Nibiru, mas não tinha parentes por lá, então resolveu se acomodar por aqui mesmo. Aproveitava todos os momentos de folga para pescar nos mais diferentes locais próximos, seja no grande rio ou nos cursos de água menores.

Quando alguém não o encontrava no prédio da administração, o encontraria pescando, sempre com uma pistola de raios à mão. A região com florestas imensas era coalhada de animais de todos os tipos. Mas isso não o impedia de ir sozinho. Uma coisa que os astronautas tinham eram uma coragem inata. Não raro entravam nos rios, florestas ou viajavam para outros lugares sozinhos. Enki fazia muito isso pelo planeta inteiro.

O homem voltou a olhar para o ruidoso aparelho que vinha para o pouso. Repentinamente o intenso ruído parou.

— *Mudou para o mercúrio* — observou o *segundo em comando* do Abzu que iria fazer as honras à princesa — *assim é melhor, odeio esse barulho todo*.

Praticamente todos os materiais, instalações, máquinas e outros objetos de uso pelos astronautas em Ki, tinham participação de Enki na construção.

Era um soberbo engenheiro. Conhecia desde a engenharia de utilização de águas, passando pela construção de pirâmides até a engenharia de máquinas espaciais. Um gênio.

E para completar tinha predileção por mulheres jovens. Tivera uma rejeição de Ninhursag, que se apaixonara por Enlil, quando estavam em Nibiru, mas parecia que havia superado essa desfeita.

O aparelho pousou.

*Preferia muito mais aqueles Mu movidos somente a mercúrio, silenciosos como os voos dos pássaros do Abzu, que nos dias quentes revoam em círculos por cima dos mineradores* — realmente não gostava dos pequenos aparelhos projetados por Enki e trazidos montados de Nibiru. Enki sabia da escassez de mercúrio em Nibiru e em Ki estavam com dificuldades de consegui-lo, a única maneira era adaptar-se.

Dos dois primeiros trazidos na viagem inicial, outros foram construídos e colocados motores utilizando óleo de pedra com empuxo interno. O ar expelido com enorme velocidade fazia um enorme ruído, mas o combustível tinha em grandes quantidade em Eridu.

Novamente Enki, projetou a refinação do óleo extraído do solo e dele extraiu o combustível para se voar a qualquer lugar do planeta. Uma micro refinaria em Eridu atendia às necessidades de locomoção dos celestiais em Ki.

E de barco foram enviadas quantidades adicionais para o Abzu. Assim o alcance dos aparelhos dobrou. Com o motor compacto, maravilha da tecnologia de Nibiru, podia alcançar qualquer lugar do planeta e voltar ao ponto de partida sem reabastecimento. O mercúrio utilizado era ínfimo, somente para sair do solo e pousar com sistema antigravidade.

Enki desceu, rodeou o pequeno *shem* e ajudou a irmã a descer.

Isimud se aproximou e deu boas-vindas à visitante:

— Bom dia, minha cara princesa, seja benvinda ao lugar mais bonito e aprazível deste planeta.

Ninhursag sorriu e agradeceu:

— Isimud, com essa tua elegância, não sei porque ainda tu estás solteiro, posso apresentar-lhe a uma das minhas ajudantes, dentre elas, existem algumas *vermelhas* que enlouquecem os homens seja este de Nibiru, de Lahma ou deste lugar tão aprazível.

— Senhora, gosto muito de companhia feminina, mas como conheço o modo de toda mulher, seja ela de Nibiru, de Lahma ou deste lugar aprazível, que é de *mandar nos homens,* seja ele astronauta de qualquer lugar do cosmos, eu prefiro ficar sozinho.

Ninhursag e Enki deram uma sonora gargalhada que pareciam ter ensaiado para fazerem juntos.

Enki agradeceu ao Vizir sua recepção e levou a *Dama da Vida* para sua casa.

— Linda, simplesmente linda, se soubesse que tu tinhas essa regalia em pleno sul do planeta, em lugar tão inóspito, teria vindo antes, longe da correria de Eridu.

— Bem que te convidei inúmeras vezes, minha adorável.

A princesa passou pelos jardins admirando o que Enki havia construído.

— Que cheiro agradável, plantastes as sementes que trouxe comigo, que delícia devem estar esse frutos, será ótimo degustá-los, fechar os olhos e pensar que estamos em Agadé.

— Sim, terás este prazer de degustá-los comigo, logo após um banho delicioso em minha casa.

Enki mostrou à meia irmã, todo o interior de sua residência e depois a levou a área de banhos.

Um pequeno canal passava por dentro da casa e uma pequena piscina embelezava a área de banhos. O homem habilidoso em construções colocara pequenos cristais que emitiam luzes coloridas dentro da piscina e a sala com enormes cortinas às escuras transformava-se num local agradável para um banho relaxante ou para deliciosos jogos amorosos.

Enki pensara em tudo.

A meia irmã percebeu a intenção do *Senhor da Terra*.

Ele queria colocar sua semente nela.

Enki deixou Ninhursag à beira da piscina e foi buscar um cesto com frutas de seu pomar e bebidas para ambos.

Quando chegou já encontrou a meia irmã imersa na água cálida da piscina, completamente nua.

Despiu-se na beirada da piscina, trouxe uma fruta na mão e na outra um copo de bebida. O membro rijo pronto para depositar sua semente na mulher que um dia lhe fora prometida e o trocara pelo irmão.

Os dois desfrutaram da bebida, comeram a fruta e amaram-se intensamente.

— Quero um filho teu Ninhursag.

## CAPÍTULO XI
## FILHAS DO ABZU

### PRELÚDIO

#### Nova York – 2025

A criança vinha brincando com o pai e a mãe pela calçada, batendo uma pequena bola de borracha no chão.

Repentinamente, a bola saltou-lhe das mãos e correu na direção da rua. A criança correu atrás, no exato momento em que vários veículos iam passando e foi atropelada e jogada no asfalto.

Seu corpo ensanguentado atraiu olhares horrorizados de todos que por ali passavam. A mãe gritava histericamente.

Os pais correram para junto da criança. O motorista saiu rapidamente e correu para frente do carro, onde a criança e os pais, e agora, outros transeuntes estavam.

— Meu Deus! Não pude parar... ela correu pra frente do carro.

— Chamem uma ambulância — disse alguém.

Dos que estavam em volta dos pais e da criança, uma mulher abaixou-se e pegou nas mãos da pequenina e disse baixinho para o pai ao seu lado.

— Ela vai viver muito ainda paizinho...

O homem olhou para a mulher que agora passava a mão levemente sobre sua filha. Foi incapaz de impedi-la. Olhou nos olhos da mulher que sorria levemente para ele.

No alvoroço e no desespero, ninguém percebeu a mulher abaixada ao lado do pai passando as mãos na criança. Muito menos que os sangramentos estancaram e que esta abriu os olhos. Olhava para a mulher. Que ia levantar-se, quando o pai, ainda agachado, colocou a mão esquerda no braço desta.

Percebera que a misteriosa mulher de cabelos loiros de alguma forma havia salvado sua filha com simples toques das mãos. Viu o sangue estancar e a filha abrir os olhos.

— Como você fez isto? Quem é você?

— Meu nome é Siduru, mas já me chamaram de Taberneira e Dama da Vida. Sua filha será a próxima.

A mulher levantou-se e entrou no meio das pessoas que rodeavam a cena do atropelamento. O homem agachado ficou olhando até ela sumir.

*O que ela quis dizer? O que era isso tudo que ela falara?* — o homem perplexo, ficou com as palavras da misteriosa mulher que praticamente ressuscitara sua filha — *Sua filha será a próxima! próxima o quê? que significava tudo aquilo?*

— Papai! O que aconteceu? Quem era aquela mulher? Os olhos dela são bonitos.

— Não sei filhinha... mas ela salvou você, não sei como e nem porquê, mas ela fez isto.

## A MALDIÇÃO DA DAMA DA VIDA

Pelo falador Enlil recebeu a mensagem de Isimud, o segundo em comando no Abzu:

— Senhor, Enki pediu-me para informá-lo que Ninhursag está com sua semente. Um filho ela terá em breve.

Enlil foi pego de surpresa pela informação mas se recompôs. Na verdade até esperava isso, sua irmã estava há muito tempo para o Abzu e com a proximidade de Enki naturalmente isso poderia acontecer.

— Muito obrigado Vizir, mando lembranças e peço que o Princípio abençoe esta criança.

— Assim seja! — respondeu o Vizir e desligou o falador.

\*\*\*

Isimud entrou apressado no prédio da administração do Abzu e chamou por Enki.

— Senhor, acompanhe-me está nascendo sua segunda criança.

— Qual o sexo? é um homem? — perguntou Enki, já saindo e correndo em direção de sua casa.

— Não sei — respondeu o Vizir. — Só vim correndo lhe avisar a pedido de Ninhursag que sentiu dores.

Enki entrou correndo em casa e achou a mulher na piscina, já com a criança no colo. Havia tido o bebê sozinha, com parto na água e ela mesma cortou o cordão.

Isimud pensou: — *Que mulher! Sozinha teve a criança e ainda cortou o cordão ela mesma*!

Enki, que no nascimento da primeira criança rogou pragas para todos os lados porque era uma menina, dessa vez chegou perto, abaixou-se para olhar e viu que era mais uma menina.

— Abençoe e beija sua filha, ofereça-a ao Princípio, não faças novamente o que fizestes no nascimento da primeira — disse a mulher mostrando-lhe a criança.

— Nãaaooo! — gritou histericamente o Senhor da Terra... — quero um filho contigo!!!...

Isimud viu o transtorno de Enki e tentou de todas as maneiras acalmá-lo, sem sucesso.

A *Dama da Vida* saiu da água, ainda com sangue escorrendo pelas pernas, falou em tom ríspido ao transtornado Enki:

— Que todo alimento que tu consumas, lhe doa a barriga, lhe doa os dentes e as costas.

Isimud assustou-se mais com essa maldição do que com o transtorno de Enki, que sabia ser passageiro. Essa maldição de alguém que conhecia muito bem como viver e reviver alguém, segredos materiais e segredos ocultos, seria terrível para Enki.

— Minha Senhora retire essa maldição, meu Senhor não sobreviverá.

Isimud tinha esquecido de Enki e nem percebera que o meio irmão da mulher estava parado olhando para Ninhursag. Escutara a maldição proferida pela *Dama da Vida*.

Fora condenado à morte. Somente ela poderia retirar o que havia dito.

Caiu em si. Voltou a ser um homem sensato de novo.

A mulher levantou-se e com a criança no colo passou pelos dois homens e foi para um dos quartos da casa.

*

*Na Casa Longe de Casa*:

Três homens estavam almoçando quando um quarto entrou na sala de refeições do pequeno Enlace.

Olhou ao redor e viu Enlil. Dirigiu-se para falar com o Mandatário;

— Senhor acabo de regressar do Abzu e trago notícias de lá.

Enlil olhou para o celestial e deu mostras que não gostou de ser perturbado na hora do almoço junto com os *homens-gir* de Eridu, com os quais animadamente conversava sobre seus planos de construção dos acampamentos em Ki que ajudariam os próximos pousos e partidas de modo semelhante a Nibiru, pousos com visão e sem visão. Os *homens-gir* ouviam com atenção os planos, pois teriam recursos tecnológicos à altura do que existia no planeta natal.

— Fale — disse rispidamente Enlil ao piloto de shem.

— Isimud pediu-me para informar-lhe que nasceu a segunda filha de Enki e que Enki por não beijar a menina e não oferecer a criança ao Princípio, foi amaldiçoado por Ninhursag, a *Dama da Vida* disse que tudo que ele comesse lhe faria mal.

Enlil, que ia colocar alimento na boca, parou no meio do movimento. Os *homens-gir* que estavam à mesa e que sequer deram atenção ao recém chegado por estarem entretidos em conversas entre eles, ouviram o final do que o celestial havia falado, viraram-se de repente e encararam o homem.

Enlil levantou-se. Colocou as duas mãos na mesa, como que recompondo-se do que ouvira.

— Sinto muito senhor por trazer tão grave notícia.

Enlil não respondeu, balançou apenas a cabeça em agradecimento. O piloto de shem saiu da sala.

Um dos homens-gir virou-se para Enlil e falou:

— Senhor, isso será a morte de Enki.

Outro complementou:

— Se ela não retirar a maldição, ele morrerá em poucos dias.

— Morrerá e não posso fazer nada se ela não voltar atrás — disse laconicamente Enlil e saiu da sala. Há momentos em que meu irmão perde a razão, vira um *sem juízo* e não pensa nas consequências.

\*\*\*

*Abzu*:

A casa de Enki estava rodeada de homens. Isimud chamara todos os mineiros e lhes dissera o que Ninhursag fizera.

Os homens pareciam participar de um funeral, uns ficavam calados, outros cochichavam, mas somente a Dama da Vida poderia salvar Enki.

Uma representação foi formada tendo Isimud entre eles.

Foram ter com a mulher da maldição.

Enki estava deitado numa das salas da casa. Evitara ingerir qualquer coisa inclusive água. Sabia que assim que tomasse qualquer líquido ou comesse algo, sofreria dores atrozes.

O título de *Dama da Vida*, era passado de uma Dama para outra e isso era feito há tempos imemoriais.

No reino só existia uma Dama de cada vez e ela não era escolhida por ser uma princesa como Ninhursag.

Somente a Dama que estava prestes a morrer e ela sabia quando isso aconteceria, indicava a sua substituta, que sequer sabia que já havia sido escolhida há muito tempo.

Podia ser qualquer mulher do reino.

E a passagem era bem simples. Todo nibiruano sabia quem era uma *Dama da Vida*, assim onde ela passasse ou estivesse, era conhecida.

No dia da passagem, a Dama atual, ia até a mulher escolhida, aonde quer que esta estivesse. No dia da escolha, a Dama ia até Agadé, caso precisasse de um shem para ir a um lugar distante e o solicitava ao rei. Era-lhe oferecido qualquer veículo.

Já ocorrera de uma mulher que fora escolhida estar na estação espacial. Um Mu levou a *Dama da Vida* até ela.

Se apresentava de modo formal.

— Sou a *Dama da Vida* de Nibiru, te convido a seguir-me.

A mulher largava o que estava fazendo e a seguia.

Eram mistérios que essas mulheres carregavam consigo de geração em geração.

Também se sabia das maldições.

Cada Dama tinha seus segredos partilhados com as substitutas até seu desaparecimento, mas um dos maiores compromissos era com a vida. Fazer outros viverem.

Porém, assim como elas davam a vida, poderiam tirá-la e ninguém sabia que artes ocultas elas praticavam.

Uma maldição era proferida somente quando a mulher num rompante perdesse o controle emocional. Coisa rara entre as *Damas*. Maldizer não era tradição entre elas. Era muito comum passarem uma vida e nunca proferirem tal fala.

Enki conseguira no seu desatino de não bendizer suas duas filhas, provocar o descontrole de Ninhursag.

Estava condenado e ele sabia disso. Iria morrer de fome e sede, mas não de dores, evitaria comer e beber.

A comitiva viu o Senhor do Abzu deitado e assim o deixaram. Foram até a Dama.

Ela os recebeu com o rosto enegrecido. Estava com a criança no colo, com o rosto todo pintado de negro e os longos cabelos desgrenhados sobre os ombros e os seios, cobrindo parte do bebê.

Alguns chegaram a recuar com a visão grotesca e assustadora de Ninhursag.

Isimud calmamente falou:

— Senhora, pedimos que reconsidere o que dissestes a Enki, ele queria tanto um filho que ficou perturbado, perdoa-o, estamos aqui porque entendemos que Enki é importante para a missão neste planeta e a salvação de Nibiru.

Subitamente Enki apareceu por trás dos homens e disse:

— Irmã, juro na frente destes homens que renuncio a Ti e aos nossos desenlaces, deixo-te livre do compromisso entre nós.

Ninhursag olhou para todos e sem olhar para Enki falou:

— Quero que todos saiam daqui em silêncio, quero um shem para levar-me junto com minhas filhas para Eridu e por fim retiro as palavras proferidas contra Enki, filho de Anu, que possa ter sua vida sem dores, só faço isto porque suas filhas devem ainda conhecer o pai que as desnaturou e as renegou, mas que Enki saiba que todo aquele que renega seus filhos ainda nesta vida pagará por seus atos.

E entrou no quarto.

Nem Enki e nem os demais acreditavam que haviam conseguido com que a Dama renunciasse a maldição tão rapidamente.

Retiraram-se em silêncio.

Isimud foi em busca de um shem.

Enki entendeu a mensagem da mulher, que dava, mas também tirava a vida. Não gostou do que ouviu, sabia agora que o destino iria lhe cobrar a conta da renúncia às filhas com outras dores que não as dores de uma maldição, a Dama apenas trocara sua morte por dores físicas, por outra morte no futuro feita de dores na alma. Ninguém mais entendeu, só ele. Arrependeu-se de desejar ardentemente um filho ao invés de abençoar o que o Principio lhe dera: duas lindas crianças.

Estava condenado do mesmo jeito pela *Dama da Vida*, sua própria irmã.

A irmã foi para o E.din. Ela nunca mais se casaria.

## CAPÍTULO XII
## O CAMINHO DE ENLIL

PRELUDIO

Debruçado sobre a mesa, o Mandatário, esquadrinhava projetos sobre a folha metálica.

Com um objeto pontiagudo fazia cálculos, desenhos e imagens nas folhas. Fazia o plano-base dos futuros locais de moradia e de apoio à missão de extração de ouro.

O primeiro requisito era que os locais pré-determinados servissem de sinalizadores para o pouso dos Dingir, que neste caso tratava-se de novos Dingir como o que a *Dama da Vida* tinha usado para chegar a Ki, que podiam ser reutilizados e tinham sistema antigravidade movido a mercúrio. Deveriam servir também aos Mu e aos Shem, com condições de tempo boas ou ruins, os chamados pousos com visão e sem visão, o segundo ainda não era praticado em Ki, pela falta de sinalizadores que já eram rotina e com uso consagrado em Nibiru.

Precisava garantir que em condições de tempo ruim os aparelhos não voassem muito baixo para não colidirem com o solo ou batessem nas montanhas.

Projetava um corredor de voo.

Depois de muito rabiscar, Enlil chegou ao plano base definitivo.

Já havia sobrevoado toda região e visto que teria que fazer um corredor com 45 graus em relação às grandes montanhas do norte evitando assim também as montanhas a leste de Eridu.

A cidade base seria Nippur, onde ficaria o Dur. An.Ki, o elo céu-terra, com seu obelisco de dupla função, de irradiar energia e de falador de comunicações com Nibiru, Lahma e o restante do planeta.

Com o fornecimento de energia de uma pirâmide multitarefas o falador de Nippur poderia enviar e receber mensagens de Nibiru até pelo menos a metade da longa curva de afastamento de Apsu, o que hoje não era possível, a comunicação só era possível quando Nibiru atravessava por entre os planetas e por trás do *Bracelete Partido*.

No Dur.An.Ki de Nippur ficariam as *Barras de Destino ou Tábuas de Destino* dentro da Nirga, a câmara dos homens-gir. Dali tudo poderia ser observado e controlado.

O corredor começaria com três locais de moradia e manutenção. Separados a 6 graus da linha central do corredor de voo seriam os três primeiros sinalizadores, em linha um ao lado outro, seguidos a espaçamentos determinados matematicamente de outros três, também um ao lado outro, depois uma sequência de mais três locais sinalizadores, um atrás do outro, o último seria Sippar, a Cidade do Pássaros, o *porto de shem* de Ki, como todos chamavam qualquer local de pouso.

O seu Plano-base diferia do de Nibiru, pela maior quantidade de pontos de referência, mas adotava a mesma lógica de operações de voo.

Em Sippar, poderiam lançar Dingir carregados com o ouro beneficiado, movidos a combustível líquido extraído dentro da área do E.Din, onde havia abundância de *óleo de pedra*.

Eridu, *a primeira casa longe de casa*, faria parte dos localizadores do corredor, na mesma linha, com Ur e Mari, chamadas de *triplo um*. Na segunda fileira de três locais, viriam Lagash, Bad-Tibira e Larsa, *o triplo dois*. Na sequência um atrás do outro, viriam, Shuruppak, Nippur, Larak, *o triplo singular*, e por fim Sippar.

Levantou-se, esticou os braços para cima, espreguiçando-se.

Estivera horas e horas neste projeto. Estava pronto. Diversas placas metálicas ultra finas e dobráveis continham o Plano-Base.

O Mandatário saiu do pequeno prédio de pedra e viu que já era noite avançada e Kingu estava no céu. Trabalhara por tantas horas que o dia de Ki parecia ter sido mais veloz que era. Mas estava satisfeito.

Agora os astronautas iriam construir cidades no planeta da salvação.

As Tábuas do Destino, teriam agora a indicação de pouso e de decolagens em Sippar e uma complexa rota de voo que seria conhecida por alguns como a *Rota de Enlil* e por outros como *Caminho de Enlil* desde Nibiru até Ki e vice versa.

Na *rota um*, o protocolo previa o lançamento de Nibiru antes da entrada no sistema de planetas e a *rota dois*, o lançamento seria mais próximo cruzando as pedras do *Bracelete Partido*, com indicações precisas de pouso e decolagem, abandonando os protocolos atuais, menos precisos e empíricos.

Além destas duas rotas, havia uma terceira para os casos mais emergenciais lançados de Nibiru, já no ponto de início da longa volta de retorno do planeta vermelho, contudo seria um voo muito mais longo e somente possível com lançamentos de Nibiru para Ki. Se lançados de Ki nunca chegariam ao planeta vermelho por falta de combustível.

## *ENGENHEIROS DE NIBIRU*

Um Disco levantou voo de Eridu na direção sudeste.

Enlil iria sobrevoar as obras de engenharia que haviam sido planejadas de acordo com o Plano-Base de apoio à missão de extração do ouro.

Iria começar pelos três primeiros locais, onde estavam as três primeiras pirâmides de sinalização.

Quase todos os seiscentos astronautas que estavam em Ki foram trazidos para os locais das obras, ficando no Abzu somente o essencial para a manutenção do local e para guarda das instalações contra a entrada de animais.

A extração do ouro foi suspensa. A prioridade eram as novas instalações.

Enlil sobrevoou um dos locais, Ur, na primeira linha de cidades-sinalizadoras e mesmo de cima percebeu o trabalho frenético dos homens e mulheres.

Um obelisco já estava em pé, o Zigurate da avenida principal já estava parcialmente construído e a pirâmide de sinalização com a base pronta.

Desceu silenciosamente no meio da avenida principal, colocou o Disco nas costas e saiu caminhando no meio de homens e mulheres que trabalhavam num vaivém contínuo.

Cumprimentava a todos com acenos de cabeça.

Chegou na frente do obelisco e admirou a beleza de construção.

Um dos astronautas com um pequeno equipamento emissor de luz, pendurado por dois cilindros de ultrassom na metade do obelisco, ia cortando a enorme pedra e fazendo figuras em relevo.

Em cada lado do obelisco, duas estátuas colocadas próximas à base quase o fazem derramar lágrimas de saudade: uma de Anu, seu pai e a outra de Antu, sua mãe, hoje tão distantes em Nibiru — *uma obra prima* — foi seu pensamento.

A pedra havia sido cortada inteira e trazida levitando com aparelhos de ultrassom e ali colocada.

Nas laterais ao longo da avenida, com todo o calçamento pronto, os artistas já haviam construído estátuas de animais de Nibiru e de Ki.

Plantas nativas foram deixadas de acordo com cada projeto para embelezar o local. Outras estavam sendo plantadas.

Entrou em um dos prédios, que futuramente seria da administração do local, para verificar as instalações de canalização de água e de esgotamento de resíduos. Viu que parte do sistema já estava pronto.

Envaidecido, não somente pelo seu projeto das cidades e do corredor de voo, mas pelo empenho de cada homem e mulher que ali trabalhava.

Enlil continuou seu passeio. Parou em frente à obra da pirâmide.

Quando estivesse pronta, a luz de Apsu nela refletida, em um ângulo especifico, daria ao celestial pilotando qualquer aparelho, a rampa exata de planeio que o levaria das três primeiras pirâmides para as três seguintes, depois passaria por cima das pirâmides de sinalização de Shuruppak, em seguida passaria na vertical de Nippur, a última seria Larak e por fim, o pouso na Cidade dos Pássaros – Sippar.

Satisfeito, o chefe dos Annunaki, tirou o Disco das costas, subiu no mesmo e partiu na inspeção de mais outra obra no futuro Caminho de Enlil.

Passou por cima das obras das futuras cidades Bad-Tibira e Lagash.

Lagash na Placa de Destino da Rota de Enlil, ficaria no centro da segunda fileira de seis pirâmides e no alto de sua pirâmide seria instalado o cristal de sinalização e a luz irradiada indicaria que estava se vendo o *sexto halo*, o *celestial* pela cor e pulsação luminosa como um código saberia que era Lagash e que estaria centrado no corredor de voo e na linha do segundo conjunto de sinalizadores.

Todas as pirâmides de sinalização tinham uma cor específica no lado virado para onde os veículos voadores viriam e isso constaria nas Placas, assim um *celestial* fazendo pouso com visão, identificaria de imediato qual era pirâmide que estava na sua frente.

E só poderia ver o colorido de cada pirâmide se estivesse na altura correta de aproximação, nem muito alto e nem muito baixo, era a rampa de planeio ideal, isso evitaria colisões com obstáculos no solo em caso de desorientação.

Lagash estava mais adiantada que as outras três frontais.

Enlil pousou.

O que viu novamente o emocionou. Canais, porto, barcos, obeliscos, ruas, quase tudo pronto.

Um Zigurate de sete pavimentos que se rivalizava em beleza aos de Agadé ou de qualquer outra cidade nibiruana.

Pirâmide pronta que refletia a luz de Apsu. Uma maravilha tecnológica de Nibiru. No topo o cristal de sinalização luminoso instalado. A pirâmide tinha suas laterais em cor vermelha, assim o celestial sabia onde estava, se no centro do corredor ou se tinha se desviado. Era um sistema complexo, mas também era de uma simplicidade de leitura formidável.

Em pousos com uso da visão, havia a simplicidade; nos pousos sem uso da visão, a complexidade era facilitada pela disposição lógica dos sinalizadores.

Cada *placa de destino manual*, que era um pequeno disco metálico que o celestial portava na cabine indicava cada fase do voo. O ângulo de entrada na atmosfera, a passagem pela camada de nuvens, a rampa a ser mantida até entrada do corredor de pirâmides e o encaixe final na rampa de retenção de Sippar para pousos controlados.

Tudo semelhante ao praticado em Nibiru, mas com a diversidade de Ki em razão da disposição dos sinalizadores e das montanhas nas proximidades.

Outra decolagem e pouco tempo depois Enlil passou por cima de Shuruppak.

Ali era um lugar especial, seria o centro médico da missão dos nibiruanos em Ki. A responsável seria sua irmã Ninhursag. Com instalações de repouso, tratamento, hospedagem tanto para os que necessitariam de atendimento como de toda a equipe que havia vindo para ser ajudantes da Dama da Vida.

Enlil ainda não desenvolvera a faculdade que o pai, o pai de seu pai e outros ascendentes tinham de pressentir um dos futuros possíveis. Por isso nunca imaginaria o que seria engendrado às escondidas por Enki e pela irmã ali nas instalações do centro médico do E.din.

Dessa vez não pousou, somente circulou e viu a movimentação e as diversas construções em diferentes estágios e prosseguiu no voo, viu que o porto e um dos canais já estavam prontos.

Prosseguiu seu voo, passou velozmente por cima de Nippur, quase pronta e foi na direção de Larak.

Sobrevoou a pequena cidade em muito semelhante às outras, o Plano-Base previa construções assemelhadas, por motivo lógico; rapidez na construção, o que diferenciava uma cidade-sinalizadora de outra eram as características locais como cursos d'água, relevo do terreno, canais e outros pequenos aspectos. Mas todas tinham sua pirâmide multiuso.

E essas pirâmides eram a base do Caminho de Enlil. Forneciam a energia necessária.

Contornou Larak e foi na direção da pirâmide em construção.

Pousou em frente à gigantesca construção e dirigiu-se ao *Mestre de Construção*.

O homem estava junto com outros olhando pequenas placas metálicas do projeto e discutindo o prosseguimento da obra. Enlil havia feito o Plano-Base, mas cada construção tinha seu projeto próprio com um responsável pela obra – Um *Mestre de Construção*.

Entretidos na conversa não viram Enlil chegar.

O Mandatário ficou alguns metros atrás observando os engenheiros de Nibiru confabulando sobre a obra. Até que um deles percebeu a presença do chefe dos Annunaki. Cutucou os outros e apontou com a cabeça para trás. Os homens viraram-se para Enlil.

Enlil os cumprimentou colocando a mão direita no peito e curvando levemente o corpo, os homens o imitaram.

— Seja bem-vindo, Mandatário.

— Obrigado, como está o andamento da obra?

— Dentro do programado, somente as chuvas torrenciais deste planeta gelado nos obrigam a breves paradas, mas o andamento está dentro do cronograma.

Enlil balançou a cabeça concordando e adentrou a construção.

O *Mestre de Construção* não precisava explicar em detalhes o que estava sendo feito, já que Enlil era também Mestre de Construção.

Enlil caminhou pirâmide adentro acompanhado pelos outros engenheiros. Cumprimentava cada Annunaki por onde passava com meneio de cabeça.

Chegou na *Câmara de Mercúrio*. Estava quase pronta.

— Excelente trabalho, vejo que as placas de mica já estão quase todas colocadas.

— Sim Mandatário, breve estará funcionando, as pelotas douradas resfriadas superconduzidas criarão energia e o campo magnético.

Enlil balançou novamente a cabeça assentindo.

Uma das premissas do Plano-Base eram a racionalidade e a economia, principalmente de mercúrio.

Larak também seria dentro do Plano, o local onde seria instalada uma micro fábrica de mercúrio, cuja manipulação poderia ser fatal, e por isso, se fazia necessário uma instalação apropriada para sua produção e guarda. O mercúrio era essencial na astronáutica, geração de energia, iluminação e principalmente na formação dos campos magnéticos de flutuação dos veículos voadores de Nibiru e de Ki.

As construções tinham disposições específicas em cada lugar e a pirâmide e seu obelisco transmissor de sinais e de energia eram os mais importantes nessa disposição.

Quando estivessem concluídas, as pirâmides utilizariam energia gerada internamente pelo planeta, conjugada com o mercúrio, as *pelotas douradas* superconduzidas e com pequenas placas retransmissoras colocadas ao longo da avenida principal de cada lugar, gerariam o campo de levitação dos veículos menores. Para pousar e decolar passariam em voo planado pela avenida principal.

O Caminho de Enlil e suas cidades era prático, mas incluía à admiração de cada lugar como um prazer aos moradores e visitantes.

Quem chegasse num pequeno veículo e entrasse no campo de planeio, iria sobrevoar lentamente a avenida principal, com sua ornamentação, as construções nas laterais, os zigurates, os canais, os jardins, os moradores em seu vaivém abaixo, até seu pouso ou no topo de zigurate, seja ele ozigurate-mor ou outro menor de algum prédio administrativo, pouso no zigurate-mor somente se fosse uma autoridade ou pouso no pequeno campo de pouso de cada cidade-sinal para os demais astronautas.

*Beleza é tudo* — como dizia sempre o Mandatário ao expor seu projeto — *Devemos admirar cada pedaço do lugar onde estamos, seja na beleza gelada do norte ou a beleza quente da natureza do Abzu, seja a beleza das feras enormes ou dos pequenos peixes dos gigantescos mares deste planeta* — falava Enlil a qualquer interlocutor.

O homem abraçara a missão dada pelo pai como missão de sua vida e a salvação de Nibiru, mas carregava consigo, além da dureza na direção dos trabalhos, a admiração pelas beleza do planeta da salvação.

*O Princípio nos forjou um destino, esse destino é imutável, seja nesta vida ou em outras e nos cabe regozijar cada momento dela* — Era uma filosofia pessoal que tentava transmitir a quem com ele conversasse, ou numa viagem de exploração pelo planeta ou num mergulho quase mortal em águas escuras e infestadas de peixes perigosos. O amor pela vida de Enlil contrastava com o amor ao perigo e à exploração típicos dos nibiruanos.

— Fomos feitos para buscar o desconhecido, o Princípio nos destinou algo e estamos na busca desse algo, se isso nos levou às estrelas e aos planetas da Zona Proibida, provavelmente nos levará ainda para lugares mais longínquos do Cosmos — dizia Enlil.

Era muito normal o interlocutor ficar a pensar nas palavras do chefe dos Annunaki de Ki. *Ele deve ter razão, somos astronautas de um planeta distante daqui, o que nos reservará o destino aqui neste pequeno planeta e em outros lugares daqui a muitos shars?*

Saiu caminhando de volta à parte externa e olhando atentamente a obra, passando as mãos pelas paredes durante a caminhada, admirando cada pedaço do que estava sendo levantado num lugar longe de onde eles vieram.

Já no lado de fora da pirâmide, agradeceu as informações, curvou em reverência aos trabalhadores, pegou o Disco que havia deixado no chão, colocou-o nas costas e decolou na direção de Sippar.

Outro sobrevoo.

Sippar — *a cidade dos pássaros* — tinha uma disposição peculiar, única exceção do Plano-Base.

Havia toda uma simbologia escondida na sua construção.

Os prédios, pirâmide e demais construções foram dispostas conforme os planetas do sistema. A uma distância determinada matematicamente, em forma de escala menor, a construção indicava doze corpos celestes com a longa avenida interligando todos. O Bracelete Partido era simbolizado por um canal, cujas águas cortavam a cidade. E a construção mais afastada e fora dos limites da cidade, matematicamente localizada na dimensão cósmica e simbolicamente construída como um enorme zigurate era Nibiru.

Em círculos concêntricos estavam todos os corpos celestes do sistema, os quatro da Zona Proibida, o Bracelete Partido e os demais planetas externos e mais ao longe na escuridão do Cosmos estava Nibiru, sua pequena estrela anômala e suas luas representados por edificações piramidais de degraus ou pirâmide sem degraus.

Ao lado de Sippar, estava o *porto de shem*, uma enorme área feita com gigantescos blocos de pedras — eternos.

Semelhante ao de Nibiru.

O caminho final da Rota de Enlil.

Somente um cataclismo poderia dar um fim ao que os Annunaki estavam fazendo. Nem eles mesmos, detentores de uma tecnologia que os fazia viajar pelo espaço sideral, poderiam deter o destino e a natureza de um planeta.

Enlil sobrevoou Sippar e depois voou sobre cada um dos pontos simbólicos que representavam os planetas e a estrela mãe, partiu do mais externo, Apsu e imaginariamente saiu passando por Ki, Lahmu, Anshar, Gaga e parou em cima do zigurate que simbolizava Nibiru.

Fez várias voltas como se fosse um Mu indo pousar na Sippar do planeta natal.

Um astronauta brincando como uma criança.

Por ordem de Enlil, foi a primeira instalação a ficar pronta.

— *Símbolo de nosso planeta de origem* — disse a todos os presentes na apresentação do Plano-Base na imensa sala de refeições de Eridu.

Deixou a brincadeira e retomou o voo.

Retornou, passou novamente por Larak e pousou em Nippur.

Ele já tinha escolhido esse local como sendo sua sede, ali o mandatário iria morar permanentemente.

Como esse local era o mais importante do conjunto de cidades-sinalizadores, era de todas a mais adiantada, já estavam prontos: o porto e seus canais circulares como em Agadé, o palácio dos *Sete que Tudo Julgam*, o palácio de Enlil, o gigantesco zigurate de observação das estrelas e também local de pouso no topo, um pequeno aparelho poderia ficar estacionado lá em cima, o maior obelisco já construído em Ki, dele se irradiaria energia para toda a cidade e seria receptor e transmissor do mais potente falador já colocado em funcionamento no planeta, assim todos ficariam a par de notícias de Nibiru por um tempo maior até o planeta quase sumir na sua longa volta, falar com Lahmu seria rotina e sem interferências.

Dirigiu-se ao prédio do Enlace.

O enorme prédio com altas colunas já estava pronto.

Na frente em relevo enormes figuras simbolizavam a materialidade do que faziam. Dispostos conforme sua ordem estelar saindo de Nibiru, estavam os doze corpos em sequência, umas esferas maiores e outras menores, até chegar a maior de todas representando a estrela mãe, Apsu.

*Belo, belíssimo, muita inspiração de quem criou esta arte* — pensou o astronauta perdido em devaneios admirando a obra feita por um nibiruano.

Entrou no prédio e viu que da última vez em que por ali passara, faltavam alguns arremates em paredes e pisos, agora já haviam terminado o que faltava.

Saiu passeando lentamente e com as mãos cruzadas nas costas, admirando cada metro da construção.

Parou na frente da enorme porta na entrada da sala do controle da missão do planeta da salvação.

Outra obra de arte encimava a porta.

Uma estátua de *homem-gir* do tronco pra cima *vigiava* a entrada.

Enlil sorriu e entrou.

Teve uma enorme e agradável surpresa.

*Funcionando* — pensou boquiaberto — *já está funcionando e não disseram-me nada.*

Os homens-gir que ali estavam de serviço olharam o recém-chegado e sorriram entre si. Sabiam que o haviam surpreendido. Era uma brincadeira que prepararam para o Senhor do Mandato.

O chefe dos controladores de voo de Nippur dirigiu-se ao Mandatário:

— Seja bem-vindo, Enlil, gostastes da surpresa?

Enlil fez cara de quem não gostou:

—Não! não gostei queria que tivessem me avisado.

O chefe percebeu que era só brincadeira de Enlil, sabia que ele havia gostado pois um dos lugares que o Mandatário mais tinha prazer em visitar era o improvisado Enlace de Eridú.

E chegar ali e ver a sala púrpura do novo complexo funcionando havia sido uma agradabilíssima surpresa.

Na última vez que Enlil estivera visitando as obras no futuro Enlace, faltava pouca coisa e como ele viajava frequentemente para o Abzu para ver a extração do ouro nas terras quentes do sul planeta, os trabalhadores aproveitaram e montaram toda a estrutura da Nirga — a sala de controle do Caminho de Enlil.

Mas combinaram de nada dizer e fazer surpresa para o chefe dos astronautas.

E conseguiram.

Enlil estava eufórico.

— Claro que gostei Judir, simplesmente incrível e soberbo o trabalho de vós, Nibiru sentirá orgulho quando souber de vosso feito.

Assim que pudermos falar com o nosso planeta que agora começa a longa jornada para o frio.

— Nobre Mandatário, a surpresa número um o senhor já presenciou, agora venha presenciar a dois.

— Vós estais a brincar comigo? Outra surpresa?

O chefe olhou para um de seus homens que abaixou-se e tirou uma pequena jarra que continha uma bebida. Encheu um copo e o trouxe a Enlil.

— Segunda surpresa Mandatário.

Quando o homem chegou perto e estendeu o copo Enlil sentiu o cheiro suave da bebida.

— *Vinho*?

O chefe e o homem-gir sorriram, mas não responderam, ficaram olhando o mandatário pegar o copo, olhar o conteúdo, cheirar e tomar um pouco. A bebida preta, adoçada e quente, fumegava no copo.

— Magnífico, magnifico.... Isso afastará meu sono e acalentará o espírito cansado... Como conseguiram?

— Direto de Nibiru, a Dama trouxe sementes que plantamos aqui no horto de Nippur, colhemos os frutos e os beneficiamos, também mandamos outras sementes para o Abzu.

— Isso sim é uma surpresa... que saudade de tomar esse *vinho*.

— Já sabíamos disso, nós mesmos no primeiro copo, sentamo-nos aqui no meio da instalação, largamos tudo e nos deliciamos.

— Imagino como foi.

— Um prazer compartilhado.

Enlil balançou a cabeça e tomou outro gole da bebida.

O chefe do Enlace olhou para o Mandatário e deixou o gigante saborear a bebida quente que era apreciada por todo nibiruano do norte ou do sul.

— Agora a terceira surpresa, Enlil.

Enlil com o copo na mão, olhou para os dois homens à sua frente e arqueou a sobrancelha como se dissesse: — *Mais uma*?

— Acompanhe-me — limitou-se a dizer o chefe do controle de missão.

Levou Enlil para próximo de uma mesa, onde havia um falador estilizado em forma de homens pássaros, como os antigos faladores manuais.

Só que bem maior.

— Bonito, muito bonito — disse ele — é muito boa essa surpresa, o achei muito bonito, parabéns.

Judir e os homens próximos sorriram e um deles gargalhou.

Enlil os olhou sem entender. Não viu motivo para a gargalhada.

Enlil entendeu que a surpresa seria o falador como uma obra de arte. Na verdade era o funcionamento do aparelho que era a surpresa.

— Faça a chamada para Nibiru, Mesher — disse o chefe do controle para um dos homens-gir e depois olhou para Enlil.

Enlil praticamente arregalou os olhos.

— Vou levá-los a julgamento perante os *Sete* por isso!! — brincou o Chefe do Mandato.

Todos sorriram.

Haviam surpreendido de novo a Enlil.

Mesher regulou o aparelho e transmitiu a mensagem para Nibiru pelo falador:

— Enlace de Ki chamando Enlace de Nibiru.

Aguardaram a transmissão chegar em Nibiru. Enormes cargas de energia da pirâmide de Nippur eram usadas nestas transmissões de longo alcance, a mais pura tecnologia de comunicação dos nibiruanos estava ali.

Aguardaram apreensivos a resposta que chegou algum tempo depois.

— Enlace de Nibiru para os mais corajosos e valorosos homens-gir do Cosmos, aqueles que tudo vigiam em Ki, um planeta muito distante de sua terra natal, na Zona Proibida, o celestial Anu lhes manda lembranças e abraços e que o Princípio a todos proteja.

A mensagem era uma mistura de brincadeira com formalidade e um enorme elogio aos astronautas que em Ki buscavam a salvação de Nibiru.

Os homens não se controlaram, riram e se abraçaram, Enlil junto com eles.

Deram gritos de viva, agora podiam falar com Nibiru até mesmo na longa curva de afastamento.

De repente outra mensagem chegou de Nibiru, enquanto ainda os homens confraternizavam.

— Enlace de Ki, por ordem real, faça agora um contato com um Mu que para Ki está se dirigindo, código de chamada *Pássaro do Rei*, ajuste o cristal do falador para o Mu de Nibiru, confirme o recebimento desta mensagem.

Os homens-gir e Enlil pararam a comemoração repentinamente. Todos haviam ouvido claramente a mensagem.

— Um Mu com código de chamada *Pássaro do Rei*? — disse um dos homens. — Vós ouvistes o que meu velho ouvido cansado ouviu?

Um segundo completou:

— Nunca ouvi um código de chamada assim, deve ser algo novo.

Outro também surpreso falou:

— Um Mu vindo para Ki? Mas Nibiru está num ponto desfavorável, porque um Mu viria para cá assim numa hora em que Nibiru se afasta de Ki?

Todos ficaram surpresos e com muitas interrogações.

Que *Pássaro do Rei* seria este? Quem viria para Ki no momento em que Nibiru estava na volta de afastamento? E por quê?

Enlil também surpreso ainda não se recuperara das várias agradáveis surpresas impostas pelos homens do Enlace, mas essa última foi uma surpresa geral.

O chefe do controle se recuperou e disse:

— Ajustem o cristal do falador para a frequência do cristal dos Mu em aproximação e vamos ver quem vem nesse tal *Pássaro do Rei,* e porque justamente em um momento que Nibiru está se afastando de Ki, Anu não pode ser, senão eles não diriam que Anu nos mandara abraços. Faça contato.

O homem-gir mexeu nos cristais do falador e selecionou a frequência dos Mu e chamou:

— Pássaro do Rei, aqui Enlace de Ki, por ordem real estamos chamando-o, nos informe sua posição.

Aguardaram a resposta.

Nada de resposta.

— Chame de novo — ordenou Enlil, impaciente.

— Pássaro do Rei, aqui Enlace de Ki, por ordem real estamos chamando-o, nos informe sua posição.

Passado algum tempo veio a resposta:

— Aqui Pássaro do Rei, recebemos sua mensagem Enlace de Ki, estamos nos aproximando de Anshar em rota para Ki, com passagem primeiramente por Lahmu, por ordem real.

Nova surpresa para todos inclusive Enlil.

O Mandatário ficou curioso.

— Pergunte-lhe quem vem a bordo desse Mu, quero saber agora e acabar com esse mistério, a voz desse piloto me é desconhecida, mas quero saber quem ele transporta.

O Homem-gir voltou a perguntar ao Mu:

— Aqui Enlace de Ki, por ordem do Mandatário, identifique quem encontra-se a bordo.

Nova espera aguardando a mensagem percorrer uma longa distância para ser recebida e outra longa distância para a resposta.

E dessa vez a voz era diferente, uma voz mais forte e firme soou no falador:

— Enlace de Ki, aqui Pássaro do Rei, por ordem de Anu, estou indo para o planeta da Salvação. Aqui quem vos fala é o neto de Anu, filho de Enlil, o príncipe Ninurta.

Essa foi a maior surpresa do dia.

Os homens que queriam fazer uma brincadeira com o mandatário de Ki, tiveram eles mesmos a maior de todas.

Ninurta, o filho guerreiro de Enlil, neto do rei estava indo para Ki.

— Meu filho, ó Princípio, agradeço-lhe por essa dádiva.

O chefe da missão se recompondo disse a Enlil:

— Que o Principio abençoe o maior guerreiro de Nibiru nessa jornada.

Enlil, ajoelhou-se e ficou assim muito tempo dentro da sala.

— Meu filho está chegando, que maravilha, que surpresa maior o destino me reservou.

Podia se esperar que mal Enlil saísse dali, os faladores de Ki não parariam de soar — O maior guerreiro de Nibiru estava chegando — uma festa gigantesca nas cidades dos Annunaki seria feita quando ele chegasse.

## CAPÍTULO XIII
## DESPEDIDA NO ESPAÇO

PRELUDIO

O gigante ficou parado em frente à comporta do Mu.

Vestia um ME completo para voo no espaço, um pouco diferente do que era usado pelos celestiais para voos em atmosfera.Totalmente preto.

À sua frente o esquife com o corpo do amigo Nerge flutuava em razão da falta de gravidade.

— Príncipe, abertura da comporta sendo feita — transmitiu pelo falador o celestial da cabine de pilotagem.

Lentamente a enorme porta do veículo espacial foi abrindo.

Ninurta olhou para a sua esquerda e viu suas mulheres o olhando através de uma pequena janela.

Ajoelhou-se e colocou a mão direita no esquife e fez uma oração ao Princípio, depois falou:

— Amigo e irmão siga sua jornada para além desta vida e que o Princípio te proteja na próxima.

Ninurta falara sem perceber que o celestial na cabine de pilotagem também ouviria.

— Assim seja! — respondeu o homem que ouvira a prece do guerreiro. Também emocionara-se.

Ninurta levantou-se, pegou o esquife com a mão e lentamente levou-o até a abertura da comporta. Para não correr o risco de sair junto com o esquife, uma corda amarrada ao cinto na cintura o manteria em segurança na comporta do veículo espacial.

Ninurta empurrou o esquife para o espaço.

Ficou ali parado vendo o caixão sair do Mu e começar sua jornada pelo espaço cósmico.

Ninurta, ajoelhou-se na perna direita e ficou assim muito tempo dentro da sala, olhando o esquife lentamente sumir no espaço.

Levantou-se.

— Pode fechar a comporta — disse ao celestial que pilotava o Mu.

Virou-se e dirigiu-se à porta onde as mulheres o aguardavam no lado de dentro.

## SURPRESA PARA UMA DAMA

Enlil empurrou a porta e entrou na sala de trabalho de Ninhursag em Eridu. Tinha vindo direto de Nippur, no voo mais rápido que um Disco podia fazer.

A Dama ainda trabalhava em local improvisado esperando terminar a construção de Shuruppak para que tivesse instalações adequadas ao trabalho de cientista e de *curadora de todos os males*.

Viu a mulher sentada em cadeira defronte a uma mesa cheia de equipamentos de trabalho.

*Ela com certeza ainda não sabe* — pensou o Mandatário — *senão não estaria ai sentada, concentrada no trabalho, ainda não teve acesso a nenhum falador.*

Enlil pigarreou levemente para chamar a atenção da meia-irmã.

Ninhursag voltou-se.

A mulher não estranhou a presença do chefe dos Annunaki pois era normal Enlil visitar todos os locais da missão, tanto em Eridu, como visitar Enki no Abzu.

— Que fazes aqui irmão?

— Tenho uma notícia que talvez seja de teu interesse — Enlil aproximou-se como se o assunto fosse uma notícia banal e acercou-se da mesa, curvou o tronco sobre ela e começou a olhar os materiais.

Estava prestes a deixar a euforia que sentia, estragar a surpresa e a brincadeira com a meia-irmã com a qual tinha um filho e este filho depois de um tempo muito longo estava chegando a Ki.

Não sabia o que levara o pai a mandar Ninurta para Ki, mas isso não era muito importante para ele e para a mãe do homem mais famoso de Nibiru.

Mesmo eles morando tão longe de sua terra natal, sabiam das notícias que periodicamente chegavam e também as recebiam com mais frequência quando Nibiru estava mais próximo de Ki e os faladores podiam receber informações a todo momento e sabiam também o quão famoso Ninurta era em Nibiru.

Por conseguinte também em Ki, onde o pequeno agrupamento de astronautas ficava sempre que possível usando os faladores para saber notícias de parentes e do reino. E as proezas de Ninurta dentre elas.

Ninhursag sequer desconfiava o que Enlil iria dizer-lhe.

— Pode dizer-me que notícias são essas? Não penses que não estou percebendo que tens enorme vontade de contar-me e disfarças com teu falso interesse em meu ferramental de pesquisa.

Enlil fez de conta que nem tinha ouvido o que a mulher dissera e olhou para ela.

— Mulher, responda-me uma coisa? Quem é o homem mais famoso do reino depois de Anu?

Enlil chegou o rosto mais próximo de Ninhursag e fez um meneio de cabeça para reforçar a pergunta.

Ninhursag apesar de observar atentamente o meio-irmão e sentir que ele queria dizer algo importante, ainda não conseguira perceber o que era.

Mas a pergunta foi como uma faísca a percorrer seu corpo.

— O que tem meu filho a ver com suas notícias?

Dessa vez a Dama ficou mais atenta à conversa e às tais *notícias*. Sabia que não eram ruins pois Enlil não iria fazer aquela *cena* toda para dar uma má notícia.

— Minha cara *Dama da Vida*, já ouvistes falar em um Mu chamado Pássaro do Rei?

— Se tens algo a dizer digas logo e não faça uma delonga tão grande como a *volta* de Nibiru.

Enlil parecia saborear a notícia.

— Responda Mandatário, nunca ouvi falar nesse tal *Pássaro do Rei!* — Ninhursag já estava impaciente.

Enlil continuou com a brincadeira e começou a passear pela sala da cientista e ficar olhando todo tipo de objeto usado pela cientista-chefe dos Annunaki.

De costas para a mulher e sorrindo sem ela perceber disse:

— Soube hoje que o Pássaro do Rei está passando por Anshar, depois vai até Lahmu e em seguida para Ki.

Continuou sorrindo sem virar as costas, não queria estragar a brincadeira com Ninhursag.

A inteligente mulher entendeu o contexto Ninurta-Mu-Ki.

*O filho estava viajando de Nibiru para Ki!*

Soltou um grito.

Enlil virou e viu a mulher com as mãos no rosto e com lágrimas descendo pelo mesmo.

Não disse nada, bastou sorrir para a mulher que ele entendeu como confirmação.

Ninhursag correu, abraçou o meio-irmão e chorou convulsivamente.

— Que o Princípio o proteja nessa viagem que ainda será muito longa.

— Assim seja — disse Enlil — ainda demorará a chegar, até melhor assim, chegará quando as nossas cidades já estarão prontas. A ele deixarei o comando do sinalizador de Larak, apesar de não saber o porquê de nosso pai o ter enviado assim repentinamente. Tenho uma suposição de que o rei deve ter *sentido* algo que possa nos afetar em breve e enviado a única pessoa que pode resolver a questão, não mandaria o neto a quem ama até mais que os próprios filhos até nós, se não fosse por algo em que ele entende que precisaremos de suas habilidades.

# CAPÍTULO XIV
# UM GUERREIRO EM KI

### PRELUDIO

Poucas coisas estavam funcionando em Ki neste dia, os serviços essenciais; a rede do Enlace e a enorme cozinha de Sippar.

Somente os homens-gir estavam trabalhando em Nippur e alguns outros como *observadores do tempo* nas cidades-sinais, escolhidos por sorteio, todos os outros Annunaki estavam na *Cidade dos Pássaros*. Ninguém queria estar trabalhando, todos queriam estar em Sippar.

Tudo parou.

Os designados para preparar a alimentação de quase seiscentos homens e mulheres adiantaram o serviço para também irem para o *porto de shem* participar da chegada de Ninurta.

Os homens que estavam no Abzu, foram trazidos em todos os tipos de veículos voadores à disposição, foram muitos voos, mas estavam ali, somente uma equipe de três *desafortunados* perderiam a ocasião, para manterem guarda nas instalações do local de extração.

Ninguém queria perder a ocasião. Era especial e uma quebra da rotina dos astronautas em Ki, que resumia-se a muito trabalho e descanso somente no sétimo dia de Nibiru, o que relacionado com o tempo de Ki, era um longo tempo de trabalho e um pouco de descanso.

Nessas ocasiões cada um procurava algo para fazer e se divertir. Alguns privilegiados que conseguiam convencer alguma das poucas mulheres a jogos de amor eram os mais sortudos.

A diversão dos astronautas resumia-se a voos de exploração pelo planeta, aos mergulhos ousados em águas escuras, aos jogos do calor e do frio nas mesmas épocas de Nibiru para não se perderem das tradições, muita música e dança nos dias de descanso.

— Enlace, aqui Pássaro do Rei.

— Pássaro do Rei, Enlace, estamos ouvindo-te.

— Realizando o protocolo de descida conforme as instruções recebidas para o Caminho de Enlil. Estamos fazendo a entrada na atmosfera de Ki, primeiro semicírculo de frenagem na face oposta do planeta.

— Pássaro do Rei, informe se já recebe o sinal do cristal de Eridu e a triangulação do *triplo um*?

— Sim, recebendo, iniciamos a entrada, asas de pássaro distendidas.

— Pássaro do Rei, estamos vos fiscalizando da Nirga, prossiga conforme as *Tábuas de pouso*.

— Pássaro do Rei recebeu vossa mensagem.

O Mu já com as asas distendidas iniciou a entrada na atmosfera no outro lado de Ki e voando em planeio, economizando o precioso mercúrio conforme as *Tábuas*, até as proximidades da primeira pirâmide.

Um dos homens-gir que trabalhava em uma mesa, levantou-se e foi até o homem que manipulava o falador do controle de missão.

Entregou-lhe uma folha contendo as informações do tempo sobre cada um dos sinalizadores e no *Local dos Pássaros*.

— Pássaro do Rei, muitas nuvens baixas entre Eridu e Lagash — transmitiu o homem-gir — tempo sem nuvens em Sippar.

— Recebi a mensagem — disse o celestial do Mu — caso não consiga condições de pouso com visão, vamos prosseguir pelo sistema de *não visão*.

— Como protocolo de segurança para o primeiro pouso, vamos recordar-lhe Pássaro do Rei, que o sistema de Enlil tem três sinalizadores, seguido por mais três, o *duplo triplo*, depois pelo *triplo singular* e pouso na *Cidade dos Pássaros*, mantenha sua altura de planeio para evitar colidir com obstáculos no chão, informe sua compreensão.

— Compreendido, prosseguindo na descida para *triplo um*, *triplo dois*, *triplo singular* e *Cidade dos Pássaros*, vamos descer para a altura de entrada.

— Enlace recebeu, vós sois o primeiro dos primeiros a vir de Nibiru e usar o Caminho de Enlil, já o fiscalizamos do Enlace, seu sinal está íntegro.

O elegante e enorme objeto voador continuou a descida contornando o planeta e indo na direção do sinal de Eridu e suas *sombras* no *triplo um*.

Ninurta ajudava o celestial nas operações de pouso, vinha praticando a navegação celestial desde a saída em Ki. Já podia voar o aparelho sozinho e o voo extremamente longo o transformara em astronauta.

O voo elegante prosseguiu descendo para Sippar.

O que poderia se chamar de uma multidão lotava o *porto de shem* de Sippar, todos ansiosos para conhecer o neto do rei.

Os pais que saíram de Nibiru com o filho ainda criança eram os mais ansiosos.

— Enlace, Pássaro do Rei, iniciando *pouso sem visão*, não enxergamos *triplo um* e *triplo dois*, muitas nuvens abaixo de nós.

— Continuamos com tua imagem na *Nirga*, Pássaro do Rei, continue no protocolo de pouso.

Ninurta e o celestial, estavam na cabine mantendo-se estritamente dentro do Caminho, altura correta e direção dos sinais de *triplo um*, *triplo dois* e *triplo singular* nos cristais.

Dentro de poucos instantes, os três cristais na frente do piloto acenderiam.

Os cristais foram mudando de cor, os cristais claros foram devagar colorindo, cada um com uma cor, já preestabelecidas.

Quando coloriram totalmente, o celestial falou ao Enlace:

— Pássaro do Rei, no topo da triangulação de *triplo um*.

— Pássaro do Rei, Enlace, prossiga para *triplo dois*.

Assim, o Mu prosseguiu no Caminho de Enlil.

— Enlace, Pássaro do Rei, com visão de Larak, pousando *com visão*.

— Enlace recebeu sua mensagem, o povo de Ki os espera em Sippar.

O Mu prosseguiu e Ninurta ao avistar Sippar pediu ao celestial que antes de entrar na rampa de planeio do campo magnético, que substituíra os antigos campos de ultrassom, mais uma novidade tecnológica de Nibiru, abrisse a comporta lateral.

O piloto obedeceu e pouco antes de entrar no túnel magnético de pouso, abriu a comporta e Ninurta deixou o Mu em um Disco.

Ninguém em terra esperava por isso.

Um homem saiu voando do Mu.

O mais famoso de Nibiru, desceu lentamente na direção dos astronautas que se aglomeravam no solo.

À frente da multidão estavam o pai, Enlil, sua esposa Ninlil, Ninhursag, Enki, Nannar, o meio-irmão e o *primeiro nascido* em Ki e as duas meias-irmãs de Ninurta, as filhas de Ninhursag.

— Mãe, meu irmão é muito alto e forte — disse o garoto em voz baixa para a Ninlil.

— *Minha luz*, tu também serás como ele, forte e belo, como os *vermelhos* dos mares do sul.

O garoto com olhos vermelhos, como os de Ninurta, sorriu envaidecido.

Ninurta foi descendo lentamente na direção deles. Pousou a poucos metros da família que correu para abraçá-lo.

E o restante dos presentes os circundaram.

O maior do guerreiros de Nibiru havia chegado em Ki.

## *NANNAR – O BRILHANTE*

— Não sei porque o rei me enviou assim tão repentinamente, mas o que sei é que ele *sentiu algo* e eu deveria estar aqui para resolver, isso é certo.

— Entendo, para seu avô fazer isso, o pressentimento de um futuro possível se descortinou, eu ainda não tive, até hoje, nenhuma visão desse tipo, também não sei quando essa faculdade aparece nos membros da família.

— Também nunca senti, apenas uma certa vez, numa investigação sobre os revoltosos, numa região das ilhas dos mares do sul, após eu e Nerge sairmos de uma pequena floresta e aproximarmo-nos de uma casa, onde eles poderiam estar, pressenti algo e empurrei Nerge no chão, logo em seguida, disparos de armas e projéteis passaram por cima de nós dois, acredito que possa ter sido, em menor grau, essa faculdade, não tenho muita certeza.

— Pode ter sido. Eu ainda não senti nada.

Nenhum dos dois sabia, mas essa faculdade latente, lhes faria falta no futuro. Pai e filho cometeriam falhas com consequências nefastas durante o *Castigo dos Deuses* e no *Fim dos Tempos*.

A impulsividade guerreira de Ninurta aliada a sua inabilidade de prever futuros possíveis *mataria um planeta*.

A psique dos nibiruanos antigos na preservação da paz com o tempo foi se apagando, as antigas vaidades pessoais e de poder estavam aflorando nos mais novos que esqueciam porque os antigos buscavam a paz e a unidade a todo custo.

A ambição, a luta por poder e novas tecnologias seriam causas de disputas entre os clãs que vagarosamente iam se formando tanto em Nibiru como em Ki. Quando o *Lulu* fosse criado e posto à *disposição* de todos, todos os antigos males espirituais de antes da Grande Guerra e das Guerras Finais iam aflorar no mais alto grau. Os Annunaki iriam adorar serem venerados e isso cobraria deles um preço alto demais.

Enlil e os dois filhos estavam em Nippur na residência do Mandatário no desjejum matinal.

Ninurta havia chegado há poucos dias, na contagem de Ki, depois de uma longa viagem na contagem de tempo de Nibiru, já que partira num momento que não era adequado um lançamento de Nibiru, assim fez um trajeto maior do que o rotineiro.

O pai convidara o filho, que desde a chegada ainda não conhecera as instalações dos nibiruanos em Ki e nem o resto do planeta, para juntos visitarem todas as instalações, principalmente a de Larak que seria responsabilidade de Ninurta e fazer uma exploração planetária na qual levaria também Nannar, agora um companheiro inseparável do guerreiro do rei.

Terminaram o desjejum e saíram em direção ao zigurate principal que acomodava um aparelho voador de Enlil.

Este novo veículo era semelhante a um Mu só que muito menor, mas as asas eram distendidas permanentemente, sua propulsão era mista, química com *óleo de pedra*, mercúrio e magnética. Tudo feito de maneira a utilizar os materiais disponíveis. Comportava dois celestiais confortavelmente e poderia voar pelo planeta inteiro e voltar para qualquer instalação de Ki.

No caminho Ninurta confidenciou ao pai.

— O rei me deu a seguinte informação; que após minha partida repentina, seria lançado um Dingir com novos materiais para a exploração do planeta e isso incluiria armas.

Enlil parou a caminhada, olhou para o filho e perguntou:

— Não entendo o que pretende nosso Rei, trazer armamentos para Ki? Que utilidade isto teria para nós? Não tenho a faculdade de prever o futuro como ele, mas estou com um pressentimento de que ele está equivocado.

— Também não lhe perguntei sobre essa decisão, mas durante minha viagem fiquei pensando o porquê de trazer tais materiais para cá, não vejo ameaças aqui, pelo menos até este instante — respondeu Ninurta.

Enlil retomou a caminhada. Ficou calado. Não estava gostando nada dessa decisão de trazer armas para Ki. Já havia escondido as Sete Armas do Terror que Enki tentara manter escondidas dele.

Mas um ditado nibiruano já dizia: *O destino é do Princípio e do Princípio sempre será*. Algo bem simples, mas que queria dizer que por mais que alguém se esforçasse em buscar um destino, esse destino não era dele, já estava traçado.

Enlil escondeu as armas de Enki, mas na vibração de estar com o filho, este seria o quarto a saber de tais armas. Um segredo só é segredo quando um único é sabedor, quando dois sabem de algo, certamente um terceiro saberá e isso aconteceu com as armas do terror que de Nibiru vieram parar em Ki e dois irmãos até tentaram escondê-las um do outro e também dos demais. Nada adiantaria. *O destino é do Princípio e do Princípio sempre será,* o destino dos Annunaki fora traçado desde que Alalu de lá partira muitos shars atrás. Eles ainda tentariam mudar, mas nunca conseguiriam.

Os dois homens e o garoto subiram o zigurate e chegaram ao topo onde estava o veículo.

No pequeno aparelho cabiam dois homens, o garoto foi sentado espremido entre os assentos.

Enlil ligou o equipamento e decolou silenciosamente. O pequeno shem, disparou rumo noroeste na direção de Larak.

— Estamos com plena cobertura magnética no cinturão das cidades-sinal, desde Eridu até Sippar, assim com a energia retirada do planeta pela rede de pirâmides, as câmaras de mercúrio e as pelotas superconduzidas podemos voar num amplo corredor sem gastar nenhum combustível — disse Enlil à Ninurta.

— Interessante, excelente projeto pai.

— E agora outros lugares no planeta estão sendo planejados, serão colocadas pirâmides para captar energia e formar uma rede planetária — imiscuiu-se na conversa o jovem Nannar — vamos poder voar pelo planeta inteiro sem precisar gastar o precioso mercúrio e ainda teremos locais sinalizadores para navegar.

Ninurta olhou surpreso para o garoto:

— Tu estás muito esperto irmão.

— Tem andado muito com o pai — disse Enlil sorrindo — está aprendendo rápido e como não temos nossas *Salas* e nossos *Mestres de Instrução* aqui em Ki, improvisamos tudo e ele aprende conosco, eu e a mãe, no dia a dia e eu mesmo virei seu Mestre, além do que aprende com os outros astronautas nos mais diferentes lugares por onde passa.

— Vejo que estás tendo resultados — concluiu Ninurta.

— Também sei tudo sobre tu meu irmão, o maior guerreiro de Nibiru — disse inocentemente o garoto orgulhoso de ter um irmão famoso.

— E como tu sabes tudo sobre mim? — perguntou Ninurta, olhando para o pai, fazendo cara de curioso e de quem não sabe de nada.

— Pelos faladores e pelas imagens que recebemos e também nas conversas no salão de refeições, todos comentam sobre Ninurta e eu sempre digo, sou irmão dele, *Ninurta é meu irmão.*

Enlil e Ninurta sorriram da inteligência e inocência do garoto. Entendiam perfeitamente a admiração dele pelo irmão famoso. Se nibiruanos de todos os lugares o admiravam, com um menino e irmão não seria menor a admiração.

Enlil concluiu o que o filho menor iniciara:

— Sim, como disse *Minha luz* — Enlil e a esposa costumavam chamar carinhosamente o filho por *Minha luz* em referência ao nome de origem do garoto — faremos uma rede de energia colocando por todo o planeta em locais definidos, pirâmides, zigurates e círculos energéticos, servirão de faróis de posição para navegação e fontes de energia, transmissores e retransmissores, vamos poder circular em rotas definidas e com suprimento *eterno* de energia retirado do planeta, evitando também que algum celestial possa perder-se pelo planeta.

— Fantástico, nem em Nibiru temos isso.

— Em Nibiru temos a dimensão planetária como empecilho, mas as rotas que lá temos, suprem as necessidades porque temos mais cidades do que aqui e assim maiores pontos de apoio, em Ki somos poucos e moramos em duas pequenas zonas — completou Enlil.

— Entendi a lógica, teremos cobertura planetária para exploração e apoio mesmo estando do outro lado do planeta.

— Sim, este é o plano e faremos as construções para durarem uma eternidade, usando materiais sem junção, apenas rochas.

— Diferente de Nibiru? — indagou Ninurta.

— De certo modo, sim, não temos aqui todo o ferramental como lá, então nossos mestres de obras, descobriram uma maneira prática de construção, que é cortar as rochas com *raios de luz* e ir sobrepondo-as com uso de ultrassom, em alguns casos a junção é feita com liga metálica derretida para que as rochas não se separem.

— Adaptação às condições planetárias e aos recursos — Ninurta concluiu o que o pai lhe dizia.

— Certamente, mas também temos outros motivos para fazer as construções com rochas.

— Qual? — perguntou o príncipe.

— Estamos aqui há muito tempo, na contagem deste planeta, há milhares de rotações ao redor de Apsu e fazemos medições sistemáticas e continuadas e observações do comportamento de todo o sistema planetário. Descobrimos que toda vez que Nibiru adentra na órbita dos planetas e passa próximo ao *Bracelete*, há uma interferência em maior ou menor grau em vários planetas e em Ki também, já projetamos e simulamos que o planeta nessas passagens está sujeito a um cataclismo.

— O quê, tens certeza disso pai? Anu está ciente disso? — Ninurta compreendeu que a informação era importante demais para não ser repassada ao avô — isso pode colocar em perigo toda a missão de extração e remessa de ouro.

— Não, não sabe ainda, será informado brevemente, aguardei que todos os dados com essas informações fossem detalhados e precisos, mas nós mesmo já sentimos as alterações sem precisar de nenhum medidor ou tomador de amostras, o magnetismo do norte planetário, já chegou a ser afetado em mais de uma passagem e sentimos tremores de solo acima dos que costumeiramente sentíamos.

— Em uma dessas passagens de Nibiru, este planeta pode ser sacudido e sei que a mudança do norte planetário trará sérias consequências.

— Trará — completou Enlil — trará sim, por isso, além de ser uma praticidade a construção com enormes blocos de rocha recortados, também definimos que as construções devem resistir aos movimentos fortes, abruptos e anormais da crosta planetária quando estes ocorrerem, mas principalmente às interferências da passagem de nosso planeta natal pelo sistema.

— Decisão acertada, construções assim ficarão para os netos de nossos netos admirarem.

— Ficarão — disse Enlil — durarão uma eternidade.

Os homens na conversa quase não perceberam que a cidade-farol de Larak estava à vista.

O atento Nannar alertou:

— Larak, sendo avistada, pirâmide singular na nossa frente, olhar a rampa correta na lateral da pirâmide, brilho branco rampa correta, hora de adentrar e usar o corredor de pouso para o zigurate.

Dessa vez Ninurta não resistiu. Soltou uma estrondosa gargalhada.

Enlil entendeu plenamente o motivo e só sorriu. Como o garoto o acompanhava em tudo e ele ficava lhe dizendo os procedimentos em uso para operar os aparelhos voadores, o menino simplesmente repetiu o que devia ser feito.

O irmão surpreendido pelo conhecimento do menino em falar um linguajar típico dos *celestiais* não conseguiu segurar o espanto.

— *Minha luz*, no meu próximo voo tu irás comigo e serás meu celestial ajudante de voo — disse Ninurta carinhosamente para o garoto, passando a mão na cabeça do irmão.

— Verdade irmão, tu me levarás? — o garoto mostrava enorme alegria com a proposta de Ninurta.

— Juro pelo Princípio que te levarei.

— Ouvistes pai? Meu irmão prometeu pelo Princípio, vós me ensinastes que promessas assim devem ser sempre cumpridas não é?

— Sempre, devem ser cumpridas sempre — disse o pai de forma solene, mas num tom infantil — Ninurta terá que cumprir a promessa.

— Vistes meu irmão? Serás obrigado a levar-me e quando voltar, direi a todos no grande salão de Nippur que voei com Ninurta, o maior dos maiores.

Enlil olhou meio de soslaio para o filho mais velho, sorriu e disse:

— Creio ser melhor cumprires essa promessa, pois *Minha luz*, irá cobrar-lhe a todo instante e se não fizeres, pode ter certeza que ele vai espalhar essa falsa promessa entre todos os astronautas, que mimam ele de todo o jeito naquele salão.

Ninurta sorrindo bateu nas costas do pequeno e disse:

— *Minha luz*, podes tranquilizar-te, serás um celestial como eu e eu mesmo irei treiná-lo, vamos vaguear por este planeta inteiro, conheceremos cada pedaço dele, vamos à Lahmu, vamos até Nibiru.

Virou-se para o lado e tocou testa com testa com o menino.

O garoto parecia ter estufado o peito de tão contente. O pai sorriu, talvez até mais contente que o menino.

Enlil seguiu em silêncio todo o procedimento já mencionado pelo filho menor. Passou voando lentamente sobre a avenida principal, deixando Ninurta admirar as construções.

Pouco movimento de pessoas embaixo. Os Annunaki eram poucos em Ki e agora foram distribuídos pelas cidades-sinais.

— Esta será sua responsabilidade, ser o chefe das instalações da cidade-farol de Larak.

Ninurta continuou olhando para a pequena cidade abaixo.

Porto, canais, zigurate, pirâmide-sinal, pequeno porto de shem, tudo pronto.

— Vejo que tudo foi feito de forma prática, parabéns pai, trabalho formidável feito aqui.

— Obrigado filho, tu verás ainda outras maravilhas, algumas naturais de Ki e outras feitas por nós.

Sem pousar Enlil colocou o veículo na direção de Sippar, que Ninurta já conhecia.

— Depois da exploração pelo planeta o trarei de volta a Larak — disse Enlil e prosseguiu mostrando o planeta por onde passavam e depois as instalações de Sippar.

— O Mandatário vai levar Ninurta, o guerreiro, para uma excursão pelo planeta que eu nasci.

Outra gargalhada de Ninurta.

O modo peculiar de Nannar misturar as palavras, ora como um adulto, ora como criança, fazia Ninurta se descontrolar.

Fizeram contato pelo falador com o Enlace e o homem-gir passou as instruções de praxe.

Ao passar sobre a Cidade dos Pássaros, Enlil explicou detalhadamente a disposição simbólica de todas as edificações, como matematicamente ele e os demais engenheiros dispuseram as construções representando os planetas e a estrela principal e o pequeno canal simbolizando o Bracelete Partido e a construção mais longe da cidade sinal representando Nibiru.

— No dia que vovô aqui vier se espantará com o que vós fizestes, meu pai, vós e todos os outros, num lugar tão longe de casa fizeram tudo isso, acho fantástico.

— Também acho; é fantástico — imiscuiu-se novamente o pequeno Nannar.

Outra sonora gargalhada de Ninurta.

Pelo jeito o passeio do pai com os filhos seria pura diversão.

Poucos dias em Ki e o guerreiro passara a amar o irmão.

Enlil fez uma meia volta e voltou para mostrar as outras cidades.

Passaram por Larak, Nippur e pousaram em Shuruppak. Ninurta queria ver a mãe e as irmãs.

As meninas mais novas que Nannar, adoravam o garoto.

Avisadas pela mãe que o primo estava chegando com o tio e o meio-irmão correram para a larga avenida, a tempo de ver o veículo passar lentamente por elas. Desandaram em uma corrida para o local de pouso para receber o primo. Já sabiam que fariam outras dessas corridas pelos jardins de Shuruppak. Correr pelos jardins eram brincadeiras preferidas dos primeiros Annunaki nascidos em Ki.

Enlil e os filhos fizeram uma rápida refeição junto com a *Dama da Vida* e as meninas e decolaram para sobrevoar os outros locais.

Terminada a amostra aérea, Enlil guinou o aparelho para o sul e ligou a propulsão química indo para o Abzu. Iria mostrar o local de extração do ouro.

Não seguiu diretamente, em alguns lugares fez um voo a baixa velocidade e a baixa altura para Ninurta admirar a paisagem e os animais de Ki.

Numa planície gelada, antes do Abzu, os três viram uma manada de animais enormes. Nannar servindo de guia disse ao irmão:

— Veja irmão, *os gigantes de tromba longa*, de *dentes longos e curvos*, eu consigo enfrentar um sozinho — disse o garoto mostrando coragem.

O pai e o irmão olharam para ele. Ninurta disse:

— *Minha luz*, tu é o homem mais corajoso do Cosmos, eu não teria coragem de enfrentá-los sozinho — disse isso num tom de quem parece ter muito medo, numa forma infantil de falar.

— Ó guerreiro de Nibiru, tu não conheces a coragem de Nannar, o nascido em Ki — conclui solenemente o pequeno.

— Ó *Nascido em Ki*, vejo que tu és um enorme e corajoso caçador para enfrentar tão temíveis gigantes de trombas, em breve estarei acompanhando-te nestas tuas excursões a enfrentar os trombas longas — Ninurta continuava na brincadeira infantil com o irmão.

Agora pareceu a Nannar que a sua *coragem* tinha ido longe demais e inteligentemente resolveu sair da enrascada de querer mostrar ao irmão que era um caçador corajoso.

— Tenho que pedir primeiro permissão a nosso pai, mas ele pode negar-me.

O pai e Ninurta caíram em nova gargalhada.

Ninurta passou a mão na cabeça do garoto de olhos vermelhos e falou:

— Muito bem, vamos deixar essa caçada para outra ocasião.

E o voo prosseguiu para o Abzu.

Outra vez Isimud, o Vizir, ficaria chateado com o barulho do shem de Enlil. Mas ficaria contente com a alegria de Nannar.

O velho se afeiçoara ao menino, coisa que praticamente todo Annunaki de Ki já sentia.

Os astronautas chamavam o garoto e as meninas *de os nascidos em Ki*, onde qualquer um deles chegava, eram paparicados. Era muito comum, principalmente nos salões de refeição, astronautas correndo atrás das crianças e vice versa, se escondendo embaixo das mesas, brincando de esconder-se entre os prédios. Eram as únicas crianças em todo o planeta.

E no caso de Nannar e o Vizir, a primeira coisa que Nannar pediria era para ir pescar nos rios próximos.

Enquanto Enlil cuidava de diversos assuntos com Enki e outros trabalhadores das minas, o Vizir sempre levava o menino para uma pescaria, vez ou outra as primas o acompanhavam, quando Ninhursag as deixava ir ver o pai. Era dia de alegria para o velho Vizir sem parentes.

Horas depois, o pequeno aparelho, pousou no Abzu.

Lá estava ele novamente chateado com o barulho do aparelho voador.

— Porque não usam o voo com mercúrio antes de chegar aqui? Que coisa! Vou delegar a outro essas recepções — o *segundo em comando* do Abzu, falava consigo, estava realmente incomodado.

Ninurta já conhecia o Vizir do dia da recepção em Nippur. Gostou do simpático Annunaki, um dos mais antigos celestiais de Ki. Enlil lhe havia dito o quanto o Vizir gostava de Nannar. Resolveu fazer uma brincadeira com Isimud. Mandou Nannar ficar escondido no veículo e só sair quando ele assoviasse.

Pai e filho, desceram da máquina e cumprimentaram o Vizir ao lado do pequeno aparelho de voo.

Isimud percebeu a falta de Nannar e ficou olhando pelos lados dos dois visitantes na direção do aparelho voador a procura do garoto. Olhou para Enlil e perguntou:

— Fui informado que seriam três visitantes, cadê Nannar, aquele menino sapeca?

Ninurta se adiantou ao pai e disse:

— Creio que alguém se enganou Vizir, somente eu e o Mandatário estamos nessa viagem.

O velho fez uma cara de tristeza que deu pena em Ninurta, estava decepcionado, além de gostar do menino, teria uma desculpa para sair dos trabalhos rotineiros para levar o filho do Mandatário para uma pescaria e um passeio na floresta.

Virou as costas e já chateado pediu aos dois homens:

— Vou saber quem foi que passou-me essa mensagem errada e tomar uma providência.

Ninurta, achou que já tinha ido longe demais com a brincadeira com Isimud e para não deixar o velho mais chateado, assoviou.

O velho olhou para trás assustado com o assobio.

Justo no momento que viu o garoto sair do aparelho.

Viu que tinham aprontado uma brincadeira com ele, correu para buscar o garoto e o pegou no colo.

— *Minha luz*, como é que tu participas de uma trama dessa para enganar o velho Isimud? — disse o Vizir carinhosamente para o menino.

— Não fui eu não! Meu irmão que me disse; *Fique aí e só saia quando eu assoviar*!

— Vou lhe ensinar a usar um falador de braço para falar direto comigo, para ninguém se intrometer em nossos assuntos, certo *Minha luz*?

— Certo Isimud.

O velho com o menino no colo passou pelos dois homens que os esperavam, fazendo cara de poucos amigos com Ninurta. Ninurta caiu em nova gargalhada.

Enlil e Ninurta foram na direção da área de extração.

Enquanto Enlil mostrava a Ninurta todas as instalações de extração, Isimud e *Minha luz* foram para a pescaria de sempre.

Enki esperava o irmão e o sobrinho na luxuosa casa do Abzu.

Na volta da área de extração Ninurta avistou a casa de Enki.

— Que coisa magnífica! Tio Enki tem excelente bom gosto e sabe como fazer construções — disse Ninurta.

— Vou te mostrar uma coisa quando sairmos daqui, que Enki construiu em segredo e ainda é mais espetacular, descobri porque Abgal me disse quando fui exilado, mas não diga nada a Enki, ele não sabe que sei dessa outra instalação dele — falou o pai.

— Tudo bem.

— Vamos passar uns dias no lugar que fui exilado e como lá o clima é mais frio que aqui, mesmo para nós acostumados ao clima frio de Nibiru, vamos pedir a Enki provisões e agasalhos.

Chegaram na frente da casa de Enki, o irmão apareceu para recepcioná-los.

— Parabéns tio, seu trabalho aqui é soberbo, as instalações construídas aqui e as moradias, incluindo a sua, são excelentes, nada devem à Nibiru.

— Ninurta, estamos longe de casa, mas para suportar as agruras deste planeta e a distância de casa, temos que estar bem instalados.

— Perfeito, entendo seu ponto de vista e concordo.

— Entrem vamos saborear petiscos de nossos rios e carnes de animais das florestas próximas, comidas que para nós já é uma coisa normal, mas para o *maior dos Guerreiros do Rei*, serão iguarias exóticas de um planeta distante — Ninurta não deu importância para o elogio do tio. Já estava acostumado.

— Obrigado pela hospitalidade tio.

Os homens entraram na luxuosa casa.

Ninurta admirou-se ainda mais com o requinte da instalação. Enki havia utilizado materiais de Ki e deixado a construção realmente aprazível e bonita.

Sentaram-se à mesa, uma pequena mesa baixa, onde a refeição era feita sentados em almofadas.

— Soube que tu passastes em Lahmu e tenho ouvido algo a respeito de Anzu que não me agrada. Soube que ele anda muito triste depois da morte de Nerge. Mas antes me diga como está a Base?

— Bem adiantada, poucas coisas para ficar completa. Mas vi uma coisa lá feita a mando de Ninhursag admirável.

— O rosto do *mil faces*?

— Sim, conseguimos avistá-lo de grande altura, pelas nossas lentes conseguimos avistá-lo até do espaço, achei incrível, é uma perfeição matemática. Mesmo que Alalu, tenha tido seus erros e deixado um legado em Nibiru que tivemos que combater, ele chegou em Ki, sozinho, numa façanha incrível de sobrevivência, ficou aqui na contagem deste planeta, milhares de rotações ao redor de Apsu e ainda achou o ouro que está nos salvando.

— Também concordo, sempre que consigo ir até Lahmu, coisa que é muito rara, primeiramente sobrevoo aquela imagem no chão, já elogiei Ninhursag por isso. Agora quanto a Anzu, como ele realmente está?

— Sim é verdade, conversei com alguns *anjos* e eles me disseram que realmente Anzu, nunca mais sorriu depois da morte de Nerge, foi um golpe duríssimo para ele.

— Achas que ele tem condições de ainda dirigir a *Base Anjo*?

— Nas conversas que tive com ele, percebi a tristeza e o abatimento de Anzu, entendo que seria salutar chamá-lo até Ki e levá-lo para a *Dama da Vida* examiná-lo e que isso não demore muito.

Enki olhou para Enlil de forma interrogativa.

Enlil entendeu o que o irmão queria dizer.

— Ninurta já havia me dito isso, assim será feito ao voltar da incursão passarei à Ninhursag essas informações e vamos pedir para Anzu vir até Ki com uma desculpa qualquer e levá-lo até Shuruppak.

— Muito bem, não podemos pôr em risco os trabalhos na *Base Anjo*, se tivermos que substituí-lo, assim será feito — conclui Enki — agora vamos comer, Nannar e Isimud comerão quando voltarem, aqueles dois só voltarão ao anoitecer, na última vez que os dois foram nessas pescarias tive que mandar dois homens buscá-los já tarde da noite.

Ninurta perguntou o porquê.

— Isimud, faz todos os gostos do menino e Nannar queria e insistiu para pescar à noite e ele simplesmente aceitou e mesmo o local de pesca não sendo longe, torna-se perigoso, essas matas são infestadas de animais. Se não tivesse mandado buscá-los era até possível dormirem por lá.

Outra gargalhada de Ninurta.

Enki não entendeu o motivo da risada do sobrinho, que já vinha rindo do irmão e de suas inteligentes e infantis intromissões desde a partida de Nippur.

Enlil explicou à Enki.

Depois Ninurta falou:

— Já sei quem será meu companheiro de pescarias em Ki, Bau vai adorar, é apaixonada por pescaria e não se preocupem se sairmos e só voltarmos no outro dia.

E outra sonora gargalhada.

O tio e o pai só sorriram, Ninurta era um jovem e tinha habilidades, cuidaria bem do irmão.

Após a refeição e um salutar descanso de todos os três, provisões e agasalhos colocados no veículo, partiram na manhã do dia seguinte no rumo oeste, para cruzar o grande oceano em direção ao local que Enlil fora um dia desterrado.

Chegaram numa ilha no meio do grande oceano. Enlil foi mostrar a Ninurta o pequeno farol magnético ali instalado.

Era um círculo de enormes pedras, como se fossem enormes portas e blocos maciços em cima, que captava energia do solo e transmitia em uma frequência específica captado pelos cristal de bordo de qualquer aparelho nibiruano – *um localizador no meio do oceano*. Quando o cristal de bordo recebia o sinal, ficava na cor azul.

— Este localizador vai te mostrar onde estás — sua posição planetária é esta aqui, nossa rota é em direção oeste, Nippur está aqui a leste de nós — Enki abriu uma placa de metal, uma *tábua de destino* e apontou onde eles estavam — vamos dormir hoje aqui e amanhã cedo partimos para a cordilheira no próximo continente.

Dobrou a tábua de destino e colocou-a no painel do aparelho e depois fez o aparelho descer na vertical, bem no centro do círculo de pedras.

O aparelho ficou flutuando a pouca altura bem no centro do círculo.

Ao lado do círculo Enlil mostrou a Ninurta, uma pequena pedra com um cristal encaixado.

— Este é o cristal que controla os impulsos frequenciais do sinalizador, semelhante aos de Nibiru, já conseguimos instalar vários ao redor do planeta em pontos específicos, é a rede que Nannar falou, mas estes são os de menor alcance, os maiores faremos com as pirâmides. Mas esse aqui nos dará um ponto de apoio no cruzamento do oceano e um descanso quando os aparelhos menores aqui pousarem para recarregamos a energia interna do veículo.

— Entendi, muito bom como apoio, na próxima vez será fácil encontrar a ilha.

— Sim e no outro continente já temos mais outro desse sinalizador.

Depois os três foram descansar no abrigo de pedras. Ninurta tirou uma flauta da bolsa e surpreendeu o pai e o irmão com antigas canções de Nibiru.

O som da flauta do guerreiro ressoou na noite da pequena ilha.

No dia seguinte quando o Enlil e Nannar levantaram-se e saíram do abrigo, encontraram *vinho* e pães prontos, em cima de uma pequena mesa de pedra.

— Pai, meu irmão já está de pé? E já aprontou o desjejum! Já fez o vinho! — o pequeno correu para saborear a refeição mais apreciada pelos astronautas.

*Onde ele conseguiu vinho assim tão rápido?* — pensou Enlil — aproximou-se e encheu uma caneca de metal para Nannar, pegou um pão e deu ao menino e começou a comer outro. O local de pouso ficava na parte mais alta da ilha, havia uma densa floresta e rios que cortavam aquele ponto remoto no meio do grande oceano. Não se via nada além de água.

Viu alguém vir subindo para o lugar onde estavam, correndo no meio das pedras.

*Não é à toa que o rei o escolheu para tarefas difíceis, um homem corajoso e muito forte* — pensou o pai e sorveu um enorme gole da bebida preta e quente.

Ninurta chegou onde estavam o pai e o irmão, havia acordado cedo, aprontado o desjejum para os três e apenas com uma pequeno saiote correu por grande parte da ilha e pela praia abaixo deles.

Aproximou-se dos dois.

Nannar gentilmente lhe trouxe uma caneca de *vinho* e um pão.

— Obrigado irmão, que o Princípio te abençoe.

Nannar mais parecido um adulto, virou-se como se tivesse feito uma coisa muito natural em servir o irmão, apenas disse, já de costas para Ninurta:

— Assim seja, *Guerreiro de Nibiru*.

Outra gargalhada, dessa vez nem Enlil resistiu e juntou-se à Ninurta.

O pequeno nem deu importância aos dois, talvez imaginasse que riam de algo que não tivesse a ver com ele.

Terminado o desjejum, os três arrumaram todo o abrigo, parecia que ninguém por ali havia passado.

Entraram no veículo. Enlil deixou Ninurta fazer a condução até o outro lado do oceano.

Ninurta observou os marcadores de energia. Usaria as baterias carregadas durante a noite e a propulsão com mercúrio. Observou o nível das pequenas partículas superconduzidas que com o mercúrio impulsionariam o aparelho numa velocidade vertiginosa até a cordilheira no outro lado do oceano.

O aparelho foi envolto numa luz multicor. Era o que mais Nannar gostava, do voo com mercúrio, sem barulho, podia assim, conversar com o pai e o irmão.

O aparelho elevou-se suavemente e ficou flutuando alguns metros acima do círculo.

— Irmão, queres ser meu celestial de apoio em voo? — perguntou Ninurta para Nannar.

— Será um prazer, *ó guerreiro*! — disse solenemente o garoto.

Ninurta sorriu.

— Então te seguras, porque aqui começa nosso treinamento.

— Estou seguro — disse Nannar e segurou-se nas alças de metal das cadeiras dos celestiais.

Ninurta, moveu o braço de pilotagem e fez com que o veículo desse um salto para a frente e desceu em altíssima velocidade e a baixa altura a encosta da ilha, passando colado às pedras, a areia da praia e parte da floresta, depois comandou o aparelho para o oeste da ilha e mantendo uma velocidade assombrosa a uma altura quase tocando as águas.

Nannar dava gritos histéricos.

— De novo irmão, de novo!!!...

— Calma *Minha luz*, isso foi só o início, já passastes no teste, agora tu vais ser o navegador — e piscou o olho para o pai, que divertia-se com os filhos.

Depois de tantas agruras, o astronauta estava tendo um pouco de diversão em Ki.

Cruzaram o resto do oceano e chegaram ao local que fora a moradia de Enlil no exílio.

A vegetação havia tomado conta de tudo.

Não pousaram, Ninurta deixou o veículo pairando sobre o lugar.

— Foi aqui que passei o tempo do desterro.

Ninurta nada falou.

Ficaram alguns instantes e Enlil pediu:

— Leve o veículo nesta direção — apontou Enlil — assim que nos aproximarmos das montanhas lhe darei as direções até o lugar que vamos ficar.

Ninurta levou o veículo para onde Enlil indicou.

Foi elevando o veículo e passando por cima de altas montanhas.

Até que avistou a cidadela.

O pai preferiu não dizer nada, deixou Ninurta admirar a proeza de Enki.

O celestial elevou o aparelho, até ficar no mesmo nível da cidadela no topo da montanha, circulou sem dizer nada.

Levou o aparelho lentamente para uma área gramada envolta em pedras.

Desceu lentamente.

Tudo em silêncio. Ninguém falava nada, nem mesmo o pequeno e falante Nannar.

Ninurta pousou o veículo e os três desceram do veículo.

Ninurta afastou-se do veículo e do pai e finalmente quebrou o silêncio.

— Magnifico... é de uma beleza estonteante... nem em Nibiru existe algo assim...

— Tu estás sentindo a mesma coisa que eu senti quando Abgal me trouxe aqui a primeira vez, foi uma sensação fantástica, mesmo para mim estando exilado — Enlil falou isso mantendo Nannar seguro. Segurava as mãos do menino para que este na sua imaturidade não tentasse correr pela cidadela e correr o risco de sofrer algum acidente.

— Ele fez isso sozinho? Absolutamente sozinho?

— Sim, levou muito e muito tempo, pelo menos cem rotações de Ki ao redor de Apsu, mais pode-se ver que está incompleta, há áreas que iniciou a construção, mas parou, creio que principalmente em razão de inúmeros afazeres no Abzu e depois na construção das cidades-sinais.

— Sozinho? Incrível, absolutamente fantástico.

— Realmente.

Foram caminhando e admirando a cidadela e as imensas montanhas ao redor.

Os três resolveram descansar e comer algo depois da travessia sobre o grande oceano.

Sentaram-se numa área gramada. Tiraram comida das bolsas que haviam pedido a Enki e ficaram ali um bom tempo, conversando.

— Veja pai — disse Nannar e apontou para o abaixo deles.

Aves imensas revoavam abaixo deles, centenas. Um espetáculo da natureza.

Ninurta tirou o instrumento musical de sopro da pequena bolsa e começou a tocar canções de Nibiru.

Enlil, deitou-se, colocou as mãos na nuca e ficou olhando o céu de Ki e ouvindo o filho tocar.

Nannar só olhando Ninurta tocar.

— Agora minha vez guerreiro de Nibiru.

Ninurta olhou para o pequeno e surpreso disse:

— Tu tocas *Minha luz*?

Antes que o garoto respondesse, Enlil, do jeito que estava olhando para o céu, respondeu:

— A mãe o ensinou.

— Sim, mamãe me ensina tudo.

Nannar pegou o instrumento do irmão e começou a tocar uma música infantil.

Dessa vez foi Ninurta que imitou o pai, deitou-se, pôs as mãos na nuca e ficou se deliciando com as canções que Nannar tocava, num lugar paradisíaco no topo de uma cordilheira, com imensos pássaros a revoar aos sabor das correntes de vento.

Ficaram ali, até verem Apsu começar a desaparecer.

Foram para o abrigo de pedras, cada um acomodou-se. Nannar sozinho fez seu recanto. Para viver em Ki, os nibiruanos tiveram que suportar e conviver com a natureza hostil de um planeta congelado, a experiência de viver suportando as agruras já começava a ser passada aos mais novos.

Do mesmo modo como aconteceu na ilha, Enlil e Nannar ao acordarem já viram o desjejum pronto.

Ninurta acordava sempre antes do nascer de Apsu.

Estava sentado com as pernas dobradas e as mãos com as palmas viradas para cima, estavam sobre cada joelho.

Meditava.

Nem o irmão e nem o pai o incomodaram, nem tampouco se levantaram de onde estavam deitados.

Aguardaram pacientemente Ninurta terminar sua meditação. Os mestres e iniciados de Nibiru, transmitiam aos mais novos, que a meditação ou o cântico vagaroso e ritmado, a respiração adequada, traziam bem estar para o espírito imortal e o ligava às frequências astrais do Cosmos.

O nibiruano, desde pequeno, já era incentivado a cultivar o bem estar do espirito com atividades mentais e físicas.

Um guerreiro como Ninurta, já havia feito uma coisa num dia e no dia seguinte a outra.

Quando Ninurta inspirou fortemente e abriu os olhos, foi que Enlil e Nannar se levantaram.

Dessa vez quem serviu a todos foi Ninurta.

O desjejum foi dentro do abrigo mesmo, estava terrivelmente frio. Sem o agasalho eles poderiam morrer em pouco tempo.

— Está mais frio do que a última vez que estive aqui.

— Mais até do que em Nibiru — disse Ninurta.

Terminaram o desjejum e foram andar novamente pelo local.

Na alegria de estar com os filhos, Enlil mostrou à Ninurta onde estavam as sete armas do terror.

Um erro.

Mostrar armas a alguém que já é um guerreiro. Certamente em algum momento, ele terá a intenção de usá-las.

E usaria.

No Fim dos Tempos.

Ninurta não falou nada quando o pai lhe mostrou o local onde enterrara as armas.

Depois da caminhada voltaram e verificaram todo o local para não deixar nada que indicasse que eles haviam passado por ali.

Enki só descobriria o roubo das armas um longo tempo depois.

Após a limpeza, o pai e os filhos, entraram no veículo e prepararam a partida.

— Pronto para mais um teste, celestial de apoio?

Nannar sem pestanejar respondeu:

— Pronto, *Guerreiro do Rei* — e segurou-se novamente.

Ninurta, tirou o veículo do chão e sobrevoou lentamente a cidadela e saiu devagar, sem disparar como fez da última vez.

Nannar, impaciente, disse para o irmão:

— Não seria mais um teste do guerreiro para o celestial de apoio? Voar assim, até meu pai voa! — disse o astuto menino, provocando Ninurta.

Enlil, olhou para o menino, como se tivesse sido subestimado e fazendo cara de quem não havia gostado disse:

— Ei, eu sou celestial há muito mais tempo que o tal Guerreiro do Rei! Tu sabias disso? Sou muito melhor celestial que ele!

Nannar olhou para o irmão, como se dissesse — *É verdade*?

Ninurta, fez de conta que falaria um segredo ao garoto e falou baixinho no ouvido de Nannar.

— Te seguras, vou mostrar ao nosso pai, o que um Guerreiro do Rei é capaz de fazer com um shem.

O menino se retesou e se segurou ainda mais nas alças de metal.

Ficou esperando.

Ninurta moveu os comandos, baixou o *nariz* do shem e disparou entre as montanhas num voo serpenteado em máxima velocidade, em seguida abruptamente subiu aos sair das cadeias de montanhas e desceu à toda velocidade, voando a baixa altura sobre, pântanos, rios e florestas.

Novos gritos de Nannar, *o brilhante*, encheram a cabine.

Ninurta disparou na direção do grande oceano, cortando o continente abaixo deles.

De volta para Nippur.

## CAPÍTULO XV
## MENSAGEM DE ANU

### PRELÚDIO

O falador da mesa de trabalho do Mandatário em Nippur tremeu.

Enlil apertou o cristal e a conexão se fez.

— Enlil.

— Senhor, recebemos agora há pouco uma mensagem de Nibiru, informando que o rei irá transmitir uma mensagem pessoal e quer que todos e em todos os lugares a ouçam, em Lahmu e em Ki, no sétimo dia de descanso.

— Sim, obrigado, faça contato com todos os faladores de Ki e mande uma mensagem geral e também para a Base Anjo em Lahmu, informe que no dia de descanso todos devem ouvir o que Anu vai nos dizer.

## 600 EM KI E 300 EM LAHMU

Anu, o velho celestial, rei de Nibiru, o homem que havia lutado com Alalu, o *homem de mil faces*, apertou o aparelho de pulso.

Não demorou seu copeiro apareceu na sala.

— Prepare meu veículo, vou ao Enlace, estou pronto.

O copeiro saiu da sala e entrou em contato com o Enlace e transmitiu a seguinte mensagem:

— O rei, conforme previamente informado, hoje no dia de descanso de Ki, pessoalmente irá enviar uma mensagem para Ki e Lahmu e que também seja transmitida para todo o Nibiru.

O homem-gir confirmou o recebimento da mensagem e foi avisar o chefe do Dur.An.Ki.

— Chefe, o rei já está vindo para usar o falador de longo alcance.

— Mande preparar o falador, faça testes prévios com Ki e Lahmu e a transmissão simultânea para todo o planeta.

*** 

*Em Ki:*

Todos os astronautas, em todos os lugares, seja nas cidades-sinais, no Abzu ou em Lahmu, estavam próximos de um falador.

O Enlace receberia a mensagem vinda de Nibiru e usando outros retransmissores com frequência de cristais diferentes, reenviaria para todos os faladores.

Enlil estava em Nippur com Ninurta, Nannar e Ninlil, um falador foi colocado no grande salão de festas. Todos os astronautas de Nippur, com exceção dos homens-gir estavam no salão.

Em Shuruppak, Ninhursag e todas suas ajudantes estavam no salão de festas, prontas para ouvir a mensagem do rei. Ninhursag, que há muito tempo não conversava com o pai, ouviria a voz de Anu de novo.

Abgal, comandante da Cidade dos Pássaros e seus astronautas também estavam em uma sala com ouvidos atentos à mensagem do rei.

No Abzu, Enki, o velho Vizir Isimud, o celestial Nungal e todos os homens que mineravam ouro, estavam aguardando o que o rei falaria a eles e a todos em Ki e Lahmu.

Eram seiscentos em Ki.

*** 

*Lahmu*:

Todos os homens da Base Anjo também estavam atentos ao que diria o rei. Espalhados pela base inteira.

Anzu estava irreconhecível, deixara o cabelo crescer, a antiga tradição da cabeça raspada fora deixada de lado. O homem antes orgulhoso, agora estava triste.

Seus homens também não estavam satisfeitos, estavam há vários shars em Lahmu e sentiam falta de Nibiru e principalmente de companhia feminina.

Já ocorreram algumas pequenas brigas entre os homens. E isso piorou quando souberam que Ninhursag tinha mulheres como ajudantes em Ki.

O descontentamento piorou.

Os *anjos* estavam descontentes.

Não perderia a oportunidade de mandar uma mensagem para o rei.

Eram trezentos em Lahmu.

\*\*\*

*Nibiru*:

O rei chegou ao Enlace e cumprimentou os homens-gir, um por um, depois foi ao falador.

— Senhor, o falador está pronto para transmissão, o modo de uso é o de praxe, só pressionar o cristal e falar.

— Obrigado! — disse Anu.

Anu sentou-se e apertou o cristal.

Novecentos astronautas em um planeta distante receberiam a mensagem de seu rei do planeta vermelho.

— Irmãos de Nibiru, de Ki e de Lahmu, escolhi este dia que é considerado o dia de descanso em Ki, para falar a todos que estão em Ki e na estação de passagem em Lahmu.

O rei tirou o dedo do transmissor e fez uma pausa.

Apertou novamente e prosseguiu:

— Astronautas de Nibiru, vós que sois novecentos enviados há muito e muito tempo de Nibiru, através do espaço, viajando em Dingir e Mu rudimentares, que hoje são modernos veículos espaciais, numa verdadeira saga, são a salvação de seu planeta natal.

Outra pausa.

— Vós sois a salvação de todos nós nibiruanos. Aqueles que estão aqui e nos ouvem, saibam que aqueles homens e mulheres num lugar tão distante, são aqueles que estão enfrentando as maiores adversidades para que Nibiru tenha um manto protetor feito com ouro em pó, ouro que vem de um lugar chamado Abzu, no sul de Ki.

Outra pausa. O rei toma um pouco de água.

Continuou a mensagem.

— Deste lugar, o ouro vai para o E.Din, o lugar dos Justos, construído pelos nossos irmãos em Ki, que rogo ao Princípio para dar-me saúde e razão para ver com meus próprios olhos, antes de minha passagem para a próxima vida.

O rei emocionado continuou fazendo pausas.

— Do E.din, o ouro é levado para a Base dos *anjos* de Lahmu e de lá despachado para Nibiru. A salvação vem daquele planeta distante e daqueles homens e mulheres que a despeito de todas as adversidades continuam trabalhando para que um dia a Brecha feche definitivamente.

Uma nova pausa.

— A eternidade dirá, por todo o sempre, suas obras e o que fizeram por todos nós, os netos dos meus netos dirão que homens em um passado distante, de Nibiru saíram para salvar seu planeta natal.

Anu tirou o dedo do cristal e fez uma pausa maior.

Apertou o cristal e terminou a mensagem.

— De hoje em diante, os seiscentos e todos aqueles que forem a Ki serão chamados de *Annunaki, aqueles que do céu desceram*! E os trezentos serão chamados de *Igigi, Aqueles que tudo veem*. Que o Princípio a todos proteja.

E desligou o transmissor.

No Enlace de Nibiru, Anu parecia ouvir os novecentos Annunaki da Zona Proibida dizendo:

— *Assim seja*!

O rei já ia saindo do Enlace quando um homem-gir entregou-lhe uma mensagem vinda de Lahmu.

— De Anzu.

— Obrigado.

O rei leu a mensagem, não pareceu contrariado.

Virou-se para o copeiro e disse:

— Os Igigi de Lahmu e seu comandante Anzu estão descontentes, querem também ter um lugar de descanso em Ki. Mande uma mensagem para Enlil e Enki para que confabulem com Anzu e o chamem até Ki para que o assunto seja resolvido, os Igigi devem também ter seus pedidos atendidos.

Sem saber, o rei deu a Enlil e Enki a desculpa de trazerem Anzu até Ki, mas a ida de Anzu traria contrariedades não esperadas pelos irmãos.

# CAPÍTULO XVI
## UM NOVO IRMÃO DO GUERREIRO

PRELÚDIO

Montanhas ao norte de Larak

Ninurta esgueirava-se atrás das rochas e pedaços de gelo. Fazia bastante tempo que ouvia os grunhidos dos animais e seus miados.

Estava numa *caça*.

— Vou atrás de um para mim — dissera à mãe, quando ela o visitara em Larak. — Vou fazer o mesmo que Alalu.

— Nem vou tentar dissuadi-lo, pois já conheço sua famosa teimosia.

— Vou caçá-lo com armas sem energia.

A mãe o olhou incrédulo.

— Não temes a morte filho?

— O Princípio já nos deu seus desígnios, ninguém pode modificá-los e nem saber quando será nossa *passagem*, de forma que me é insignificante se morro hoje ou amanhã.

— O teu desprezo pelo perigo é a carga que carrego de temor por ti.

— Minha amada mãe, não te preocupes, o que faço é resultado de muita *precaução*.

A *Dama da Vida* percebeu o nítido contexto que o filho deu a palavra *precaução*, sabia que ele ironizava.

— Que o Princípio sempre seja teu acompanhante.

Com um beijo carinhoso na testa, o gigante se despediu da mãe.

Agora estava ali próximo à base de uma montanha cuja maior parte estava congelada.

Com um Disco nas costas, uma aljava, arco e flechas para sua proteção e um pequeno tubo e dardos.

Os dardos continham uma substância preparada pela mãe para fazer dormir grandes animais, até mesmo os gigantes de pele grossa, longa tromba e dentes gigantescos que vagueavam em bandos pelo planeta gelado.

Pelos miados sabia que havia filhotes.

Não pretendia matar os adultos, queria apenas um filhote.

Intencionava enganar os adultos para que estes deixassem sozinhos os filhotes.

Sabia que eles andavam em pequenos bandos.

O Disco seria sua única chance num caso de ataque e isso se fosse rápido o suficiente para subir e decolar.

Viu o pequeno bando logo abaixo.

Dois filhotes e alguns adultos.

*Dentes longos* — pensou o guerreiro.

Subiu no Disco e voou lentamente em descida para passar perto dos animais. Fez uma pequena volta.

E parou a poucos metros dos gigantescos animais que instintivamente pularam na direção de Ninurta que foi afastando-se, voando para trás e os animais o seguindo, rosnando furiosos.

Quando sentia que eles iam desistir dele, aproximava-se para instigá-los e assim foi afastando os adultos dos filhotes.

Quando percebeu que os afastara o suficiente, disparou repentinamente montanha acima onde estavam os pequenos dentes longos.

Os animais perceberam que o visitante ia na direção de seus filhotes e subiram também velozmente atrás do homem.

Ninurta chegou e pousou onde estavam os filhotes e pegou um deles. Mal segurou o animal, viu o vulto enorme partir para cima dele. Os reflexos adquiridos em combates em Nibiru o salvaram.

Apertou instintivamente o controle de velocidade do Disco que deu um salto e o levou montanha acima. Mas a partida descontrolada o fez cair a algumas dezenas de metros no meio de uma área congelada.

Sua autoconfiança subestimara os animais. Somente uma parte havia descido atrás dele. Esquecera-se de um detalhe — que uma mãe dificilmente abandona os filhos e animais também assim o faziam.

Escapou por pouco da morte.

Levantou-se rapidamente. Pegou o filhote que havia se soltado de suas mãos, subiu no Disco e decolou a tempo de ver o bando inteiro, incluindo a mãe raivosa chegar onde tinha caído.

Agradeceu ao Princípio o Disco não ter sido danificado, pois poderia matar alguns animais com as flechas, mas não daria conta de todo o bando sozinho.

Deveria ter escolhido a tática de narcotizar os adultos, mas preferiu a aventura de enfrentá-los.

Quase morreu.

Voou por algum tempo e desceu para acomodar o pequeno que agora teimava em mordê-lo.

Pousou ao lado de um pequeno curso d'água, para limpar-se.

Enquanto estava limpando-se o pequeno falador de pulso, acendeu.

— Ninurta.

— Príncipe, aqui é de Shuruppak, o Mandatário manda avisá-lo que nasceu mais um irmão seu.

Ninurta agradeceu e subiu no Disco e impôs ao pequeno veículo a maior velocidade possível.

Saiu voando velozmente sobre rios, florestas e imensas áreas geladas.

Amava o irmão que conhecera em Ki, seu amigo inseparável e agora ia ver mais um *nascido longe de casa* e esse também era outro irmão seu.

# CLÃS DE KI

Enki, acompanhava do Dur. An. Ki, a evolução do Dingir que vinha de Nibiru, o veículo estava preparando-se para fazer o primeiro círculo para a entrada na atmosfera de Ki.

Era o Dingir que todos estavam esperando há bastante tempo. Quando Ninurta fora enviado por Anu, o rei também mandara preparar um Dingir para trazer equipamentos especiais e consultou se a família de Enki gostaria de ir para o planeta da salvação, Damkina e os filhos aceitaram.

Eles estavam a bordo.

Por isso Enki saíra do Abzu e pessoalmente acompanhava o voo de chegada, finalmente depois de muitos shars e muitas atribulações em Ki, ia rever a esposa e os filhos. Damkina tinha vindo somente uma vez há muito tempo.

Naquela ocasião, seu nome era Ninki, a *Dama da terra*, depois que veio até Ki, seu nome mudou para Damkina, *esposa que veio para terra*, mas alguns ainda a chamavam Ninki.

Na última viagem ela voltou grávida. Hoje Enki iria conhecer um dos filhos, Dumuzi.

Como o Dingir já estava nos preparativos de entrada na atmosfera, Enki dirigiu-se à saída da Nirga para ir ao *porto de shem* de Nippur, voar para Sippar e receber a família.

Quando estava prestes a sair, ouviu o celestial do Dingir e o homem-gir do Enlace comunicando-se na forma padronizada de descida do Caminho de Enlil.

— Enlace, aqui *Pássaro de Enki*.

— *Pássaro de Enki*, Enlace, estamos ouvindo-te.

*Pássaro de Enki?* — pensou Enki e voltou para ouvir o restante da conversação.

— Realizando o protocolo de descida conforme as instruções recebidas para o *Caminho de Enlil*. Estamos fazendo a entrada na atmosfera de Ki, primeiro semicírculo de frenagem na face oposta do planeta.

— Pássaro de Enki, informe se já recebe o sinal do cristal de Eridu e a triangulação do *triplo um*?

— Sim, recebendo, iniciamos a entrada.

— Pássaro de Enki, estamos vos fiscalizando da Nirga, prossiga conforme as *Tábuas de pouso*.

— Pássaro de Enki recebeu vossa mensagem.

Terminada a conversação entre o Enlace céu-terra e o Dingir, Enki perguntou ao homem-gir:

— Ouvi direito? Esse Dingir tem meu nome?

— Ouviu, sim. Este Dingir é chamado de Pássaro de Enki, alguém, provavelmente o rei, o homenageou. Não sabias?

— Não sabia. É uma surpresa muito boa.

— Nós já estávamos sabendo há tempos, pois recebemos a informação do código de chamada do Dingir para podermos fazer toda *fiscalização* de voo, quando ele estivesse mais próximo, logicamente, não o informamos, pois entendíamos que o Senhor já sabia.

— Tudo bem. Foi uma grata surpresa, mas sei de alguém que vai ficar enciumado.

Enki sorriu e o homem-gir o olhou interrogativamente, como se esperasse que Enki lhe dissesse quem ficaria enciumado.

Enki olhou para o homem-gir por um instante, virou as costas e saiu da Nirga.

O Dingir diferia bastante do Mu, pois não tinha formato circular e nem a luz multicor do mercúrio ativado. Mas usava também o mercúrio como uma das formas de propulsão ou de movimentação.

Enki ainda não sabia, mas esse era um dos novos veículos, que ele mesmo projetara e que sugerira ao pai mandar construir, seria uma segunda surpresa para ele quando o enorme veículo chegasse em Sippar, daí o motivo para o veículo ter seu nome.

Enki, na ansiedade da chegada da família, não observou que na mesa da Nirga, que mostrava os veículos que voavam naquele momento, o formato do Dingir que estava aproximando-se para pousar em Sippar, e era significativamente grande.

O Dingir era comprido e tinha maior capacidade para carga e astronautas, muito mais confortável em voos à longa distância do que os Mu, conquanto que havia Mu e Shem dos mais variados tamanhos. Podia ser impulsionado com combustão química e assim decolar na vertical e levar cargas de ouro para a Base Anjo em Lahmu e de lá, ser enviado para Nibiru, era reutilizável, pois no pouso usaria o campo magnético do caminho de Enlil.

Por esta razão, logo após a saída de Ninurta, mesmo não sendo o momento ideal para lançamentos a partir de Nibiru, ele pode ser lançado em direção à Ki.

Enki chegou em Sippar praticamente ao mesmo tempo que o resto da família de Ki, Enlil, esposa e filhos, Ninhursag e filhas.

Ninurta estava agora acompanhado de seu fiel companheiro, um imenso dentes longos ameaçador que obedecia todos os comandos do guerreiro. Somente outra pessoa podia tocá-lo, Nannar. Ninurta treinou o animal para obedecer a ele e ao irmão.

Os três agora caçavam juntos.

O dentes longos estava deitado aos pés de Ninurta e Nannar aproveitou para acariciar o imenso animal, passando as mãos nas costas dele. O *dentes longos* ronronava com os carinhos do *Brilhante*.

A família real de Ki ficou aguardando no prédio de altas colunas que servia de recepção e saída dos celestiais e passageiros.

Pelo falador de pulso, mantinha contato com os homens-gir de Nippur.

— Senhor do Abzu — a voz de um homen-gir do Enlace se fez ouvir nítida pelo aparelho no braço de Enki.

— Enki — disse o *segundo em comando* de Ki, encostando o braço próximo à boca.

— Pássaro de Enki passando pelo triplo singular, pouso com visão em Sippar.

— Obrigado.

Significava que dentro do pouco tempo o Dingir estaria em Sippar. O tempo estava bom, um céu sem nuvens.

Mas outros que estavam perto, também ouviram a conversa, Enki achou a mesma trivial, mas Enlil aproximou-se e disse:

— Pássaro de Enki, foi isso mesmo que eu ouvi?

Enki olhou para o irmão e percebeu que tinha esquecido de dizer-lhes o nome do veículo que pousava. Viu que a irmã e o sobrinho Ninurta, também o olhavam surpresos.

Enki sorriu e levantou os ombros e abriu os braços e falou:

— Soube disso agora, há poucos instantes em Nippur, também fui surpreendido por esta informação.

E saiu andando, se fazendo de esnobe, com ar brincalhão:

— Se nosso pai resolveu colocar meu nome no Dingir, quem sou eu para desdenhá-lo.

Olhou para trás, sorrindo.

Enlil colocou as mãos nos quadris e virou-se para Ninhursag:

— Tu vistes? Nosso pai deu o nome a um Dingir de *Pássaro de Enki*!

Os outros seguiram Enki para o lado de fora.

Enki ia à frente bamboleando o corpo, a fazer inveja ao irmão.

Todos riam de Enlil, Ninurta chegou junto do pai, olhando para frente como se não estivesse falando com ele, para aumentar a brincadeira, falou para que todos ouvissem, cantarolando:

— Enki, tem um Dingir... Enki tem um Dingir... o rei deu a Enki um Dingir... o rei deu a Enki um Dingir...

Gargalhada geral.

E para aumentar ainda mais o ciúme de Enlil, Enki dava voltas em torno de si, dançando e aproveitou o cantarolar de Ninurta para completar e, também cantarolando, prosseguiu na brincadeira:

— O rei deu a Enki um Dingir... Enlil não tem um Dingir... O rei deu a Enki um Dingir... Enlil não tem um Dingir...

Mais gargalhadas de todos.

Enlil estava furioso e enciumado.

De repente, Nannar, *o que brilha*, viu o enorme Dingir vir flutuando:

— Olhem o Dingir que o vovô deu ao tio Enki!!!

Agora todos, incluindo Enlil, gargalharam.

O enorme veículo chegou flutuando sobre os campos magnéticos. Enquanto a espaçonave estava vindo de frente ninguém pareceu achar diferente de outras, mas foi só o sistema de pouso colocá-la de lado sobre as enormes placas de pedra, que Enlil e Enki perceberam que era um novo modelo de Dingir.

Enlil, então falou:

— Explica-se aqui porque esse veículo leva teu nome irmão, é o primeiro dos novos e um projeto teu, muito justa a homenagem de nosso pai.

Ninurta ao lado completou:

— Como passei muito tempo longe do palácio e da área de construção, nunca tinha visto este tipo de Dingir, lembro que vovô havia me falado alguma coisa, mas não pude ir ver a construção por causa das *missões* e quando acabara de voltar trazendo o corpo de Nerge, vovô mandou-me para cá às pressas, creio que ele não se lembrou de me dizer que o veículo a ser enviado após minha partida seria um dos novos Dingir, só disse-me que um Dingir seria enviado.

— Já havia visto as placas metálicas com o projeto que Enki fizera, mas vê-lo aqui, digo que foi um trabalho soberbo, parabéns irmão.

Ninhursag acercou-se dos três e falou:

— Realmente, é magnífico esse Dingir, parabéns Enki.

O enorme veículo pousou no porto dos shem de Ki.

A pequena comitiva foi na direção da enorme comporta.

Uma pequena porta, na lateral do veículo abriu e logo abaixo dela, uma escada automática saiu e foi desdobrando-se até tocar o chão.

Desceu um celestial que foi olhar toda a parte de baixo do veículo. Uma inspeção pós-voo.

Logo depois veio descendo Damkina e os filhos Marduk, Dumuzi e Nergal.

Enki correu para abraçá-los.

A comitiva dos demais parentes juntou-se a recepção chorosa e festiva.

Hoje seria dia de festa em Ki. Por enquanto.

Os clãs de Ki começavam a aumentar e com eles a Discórdia, a tênue rivalidade familiar da realeza que começou quando Anu preteriu Enki em favor de Enlil, só iria crescer e chegar ao auge no *Fim dos Tempos*.

No entanto o *Fim dos Tempos* ainda estava muito distante, mas ele chegaria. Tudo estava traçado pelo Princípio.

O Destino só ao Princípio pertence.

## CAPÍTULO XVII
## BASE ANJO AMOTINADA

Prelúdio

Semjaza ia caminhando no meio da floresta a procura do Líder.

Chegou à beira de um imenso rio e avistou *Aquele que conhece os céus* nadando ao longe.

Viu que teria que esperar Anzu voltar, não havia nenhuma embarcação por ali.

Estava descontente, assim como todos os outros de Lahmu, o trabalho incessante na Base Anjo, com praticamente nada para se fazer nos momentos de descanso, estava deixando os *anjos* irritados e isso já perdurava há muito e muito tempo.

Todos ansiavam por ser substituídos por novos astronautas ou irem passar uma temporada em Ki. Lá se tinha diversão e muito mais coisas para se fazer e havia *mulheres*.

*Mulheres, e dizem que há lindas vermelhas, Enlil se encantou com uma!* — pensava Semjaza — o astronauta e seus pares se ressentiam da companhia de uma mulher e seus jogos de amor.

O absorto *anjo de Lahmu*, que agora também era conhecido por *Igigi* depois que Anu os renomeou, apesar de que ainda eram poucos os que os chamavam assim, pois o costume de chamá-los de *anjos* não mudara entre os astronautas de Ki, ficou sentado ao lado do rio, jogando pedregulhos na água e nem percebeu que Anzu já voltara e vinha caminhando na sua direção.

— Que foi Semjaza? Para estares aqui atrás de mim deve ser algo urgente.

— Anzu, Anu ouviu nossas justas reclamações, fostes chamado a Ki para deliberar sobre nossas reivindicações.

— Muito bem, que assim seja, vamos.

— Vós deveis ser duro com Enlil e Enki, não suportamos mais o longo tempo aqui, nossas mulheres estão em Nibiru, aqui não temos muito o que fazer nos momentos de descanso, a vida natural deste lugar não nos atrai para uma caçada como a vida de Ki, a pesca é a única coisa que fazemos. Queremos trocas de equipe mais curtas.

— Semjaza, penso o mesmo que Tu irmão, também sinto falta de companhia feminina, o *prazer solitário* não atenua a falta de um jogo de amor.

— Já há astronautas fazendo mais que isso — disse Semjaza.

Anzu não ligou para a última observação, sabia que num lugar assim isso seria inevitável. Seria necessário urgência para resolver as insatisfações dos trabalhadores do Lahmu.

— Depois que Nerge partiu, eu não consigo mais pensar racionalmente, a saudade me corrói, ir a Ki pode me fazer bem.

Semjaza e os outros astronautas sabiam o quão arrasador fora a morte de Nerge para o Líder. Era comum vê-lo arredio andando pelas instalações sem falar com ninguém e chegou a um estado de espírito de nem ouvir os cumprimentos de quem por ele passava.

Os anjos tinham maior admiração por Anzu, um homem famoso em Nibiru, sempre citado na Casa de Memória, como um hábil astronauta, que jogou uma bomba do terror em um vulcão, voou para a Zona Proibida, acompanhou Alalu ao desterro e sobreviveu em Lahmu sozinho durante um longo tempo e voltou à vida com a *Dama da Vida*. Romances e histórias pelos faladores davam nome eterno ao celestial.

Nenhum dos dois homens nada mais falou e foram na direção da base, caminhando pela floresta que ficava ao lado das instalações.

Ao sair da floresta, viram que o movimento na base estava anormal. Havia pouco movimento e da instalação do salão de refeições saía uma fumaça preta.

Os dois homens apressaram o passo.

Ao chegarem às instalações onde funcionava o salão de refeições, depararam-se com praticamente todos os astronautas ali e parte do salão destruído.

— O que se passa aqui? — quis saber Anzu.

Um dos astronautas, Tinmu, por sinal da turma mais recente, era um dos reclamantes, à frente dos demais disse:

— Não suportamos mais as agruras de Lahmu, queremos no mínimo idas periódicas para Ki e menor tempo de trabalho em Lahmu, é insuportável viver neste planeta, que só tem somente essa Estação.

Outros falando ao mesmo tempo concordavam.

Os ânimos estavam exaltados.

— O trabalho aqui estará parado até que nos deem solução para nossas reivindicações — disse outro *anjo*.

Os anjos rebelavam-se.

Anzu levantou a mão direita e os astronautas calaram-se.

— Anjos de Lahmu, acabei de ser informado por Semjaza, que o rei ordenou que eu vá à Ki confabular com Enlil e Enki sobre as vossas reivindicações, sendo assim, ordeno que todos voltem aos seus trabalhos e que logo lhes trarei as respostas, comigo irá um pequeno grupo de representantes, entre eles Semjaza.

Os homens aquietaram-se e concordaram com Anzu.

— Então vamos aguardar vosso retorno Anzu — disse o astronauta representante dos demais.

— Não, Tinmu, tu irás conosco e terás as respostas imediatas que queres.

Anzu virou-se para Semjaza e disse:

— Aprontes um Mu e nomeie a comissão que irá conosco para Ki e mantenha uma equipe de confiança de prontidão na manutenção da pirâmide multitarefas, ela é importante demais para ser paralisada, pois dependemos dela para nossa sobrevivência aqui. Mantenha também outra equipe de homens-gir no nosso enlace de Lahmu, é importante mantermos a comunicação e o controle dos voos. Não quero homens exaltados e rebeldes assumindo posições que nos coloquem em risco.

— Sim *Líder*, assim será feito.

Anzu dirigiu-se a uma mesa para fazer uma refeição. Estava faminto depois de nadar longos trechos no grande rio.

E achava-se cansado de tudo, de Lahmu, dos anjos e suas reivindicações, da solidão e da vida.

Esse estado de espírito estava prestes a se desdobrar em ações e reações que afetaria até um planeta.

*

*Enlace de Nippur:*

— Enlace, *Anjo Líder*, topo de *singular um*, prosseguindo para *singular dois*.

— *Anjo Líder*, Enlace. Nippur está com tempo bom, sem nuvens, único Mu em voo na região é o *Anjo Líder*, a fiscalização a partir da Nirga terminará quando ingressares na rampa de Nippur.

Anzu, o anjo líder de Lahmu, estava de volta após um tempo longuíssimo, que na contagem de Ki, já faziam milhares de rotações ao redor do Apsu.

Estava maravilhado. O Enlace de Ki, nada ficava a dever ao de Nibiru e como o tempo estava muito bom, sem nuvens na região das cidades-sinalizadoras, pode observá-las em toda sua plenitude.

*Como tudo mudou desde que aqui chegamos, Enlil e Enki são verdadeiros líderes, foi um trabalho conjunto, mas eles estão de parabéns na condução da extração do ouro salvador* — pensava o astronauta, já avistando Nippur.

Com as tábuas de destino inscritas na pequena placa metálica colocada na vertical da cabine, ia seguindo a altura e a velocidade previstas, assim avistou a lateral da pirâmide — *Estou na rampa correta, vou passar para o campo magnético de pouso em instantes* — Anzu ia fazendo o Caminho de Enlil, só que pousaria em Nippur e não em Sippar.

Em Nippur seria a conferência com Enlil e Enki.

Anzu pousou no porto de shem de Nippur.

Enki, Enlil, Ninurta e agora os dois que não desgrudavam de Ninurta, Nannar e o *dentes longos,* aguardavam Anzu e sua comitiva.

Anzu abraçou a todos, colou testa com testa com Ninurta e colocou Nannar no colo.

Ao fazer isso, Guerreiro rosnou ameaçador.

Ninurta olhou para o animal e disse:

— Quieto.

A voz firme do gigante fez o animal aquietar-se.

— E de quem é essa fera? É sua Nannar? Parece com o que Alalu criou.

Nannar no colo de Anzu respondeu:

— É o Guerreiro, é de Ninurta, mas ele me obedece também.

— Verdade? Incrível! Esse bicho enorme te obedece? Eu não confiaria muito nisso não, ainda mais que estou vendo que ele nem coleira usa.

Ninurta olhou para Anzu e falou:

— É muito manso.

— Manso? Eu não contaria com isso — disse Anzu.

E assim foram todos para o grande salão de refeições. Anzu teria recepção digna de um líder e de um homem famoso.

Infelizmente, quisera o destino e a dor íntima de Anzu dar-lhe um destino que ninguém esperava.

*Tu depois de lançar Nerge ao espaço, irá para Ki* — O que um rei muito longe dali pressentira, estava prestes a se concretizar. Por isso Ninurta estava ali, mas ninguém na alegria da chegada de Anzu poderia imaginar isso.

Dias sombrios estavam prestes a atingir Ki com a chegada de Anzu. Nem ele mesmo planejara isso.

Todos sentados à mesa confraternizavam, quando chegaram Ninhursag e as filhas.

Anzu foi apresentado às filhas da *Dama da Vida* justamente ao lado de Nannar que apontou o dedo para Anzu e disse para as meninas mais outra de suas frases:

— Ele é Anzu, o amigo do *homem de mil faces*.

Anzu que não conhecia as estripulias do garoto, deu uma enorme gargalhada.

— Percebo que tu, filho de Enlil, merece o nome que tua mãe te deu, és brilhante realmente, tens um bom Mestre de Memória.

— Mestre não, Mestra, é minha mãe, ela me ensina tudo.

Outra gargalhada de Anzu.

Ninurta olhou para Enlil. Enlil compreendeu o olhar do filho.

A presença de uma criança estava fazendo bem para o Líder dos Anjos, mas infelizmente não seria suficiente para acalmar o espírito cansado de Anzu.

Após os presentes apreciaram as iguarias de Ki e outras oriundas das plantações nativas e das originadas da sementes que Ninhursag trouxera de Nibiru que foram ou plantadas ou criadas em Ki, Enlil ao final da recepção fez uma surpresa para Anzu.

Chamou uma das Annunaki e a moça trouxe um copo com um líquido fumegante.

Mal chegou perto, Anzu sentiu o cheiro.

— Será verdade o que estou sentindo?

— Sim — respondeu Enlil.

Anzu pegou o copo com a bebida de cor preta, adoçada e fumegante.

Sorveu vagarosamente.

— Há quanto tempo não bebo esse *vinho*, uma delícia!

Anzu tomou um pouco e repassou o copo a Semjaza, que fez a mesma coisa e passou ao restante dos anjos que ali estavam.

— Anzu, acomode-se hoje junto com os outros *anjos*, descansem e amanhã, faremos nossa conferência, após Enki irá mostrar-lhe todos os nossos complexos, tanto os daqui das cidades-sinais como no Abzu.

— Agradeço a hospitalidade Mandatário.

Enlil fez um sinal e um astronauta levou Anzu e a comitiva para a área de repouso nas instalações de Sippar.

Mesmo que uma criança e sua alegria tenham feito Anzu depois de longo tempo sorrir, a insatisfação dos anjos tiraria aquele momento de prazer de Anzu e o lançaria de novo em desesperança.

Ainda no caminho, Semjaza lhe disse:

— Vistes Líder, o que eles tem aqui? Nós não temos nada dessas coisas em Lahmu, aqui há mulheres, *vinho*, bebidas, comida variada e lá não temos nada, somente faladores, queremos ter os mesmos privilégios que dão aos nibiruanos de Ki, somos todos do mesmo lugar e estamos aqui participando do envio do ouro salvador para Nibiru.

— Tens razão Semjaza, amanhã na conferência irei exigir que possamos ter uma rotatividade maior dos *anjos* para vir descansar neste planeta.

Semjaza complementou:

— O elixir para o *Mal* também é racionado, sabemos que aqui também acontece o mesmo, no Abzu também há insatisfeitos, todos sentem a rápida rotação de Ki.

Anzu não respondeu. Mas sentia também que a quantidade de medicamentos para reduzir o mal dos astronautas não atendia a todos. Esse era outro complicador para o espírito combalido do Anjo Líder.

Os anjos, agora chamados também de Igigi, foram descansar da viagem.

Entretanto, Anzu além de suas próprias deficiências espirituais, agregou as insatisfações dos anjos e no fundo sentia inveja de Enlil e Enki, que dispunham de todos os recursos em Ki e um planeta que oferecia mais atrativos que Lahmu.

As insatisfações interiores de Anzu trariam enormes dissabores num futuro próximo.

Na manhã seguinte Anzu e comitiva foram levados a uma sala de um dos prédios de Nippur para a conferência.

A reunião ocorreu de forma tranquila, Enlil e Enki entenderam a situação dos anjos e estabeleceram uma ordem de revezamento dos astronautas com menor tempo de permanência em Lahmu e trocas mais frequentes de equipes. Ficou acordado que a cada passagem de Nibiru pelo sistema seriam feitas as trocas e escalou também que a cada meia rotação de Ki ao redor de Apsu, anjos viriam a Ki para descanso e que pediria para Ninhursag aumentar a produção de elixir para o *Mal*.

Após a conferência a comitiva dos anjos de Lahmu, Enlil e Enki foram ao salão de refeições para celebrar.

— Anzu, já conversei com Enlil e te convido a ver as minhas instalações no Abzu — Enki, em conversas anteriores com Enlil, tinha sugerido que uma distração seria boa para Anzu superar a perda de Nerge. Enlil concordou.

— Oferta aceita, será um prazer.

— Vamos hoje, após a refeição, mande sua comitiva descansar e aproveitar a estada em Ki.

— Excelente.

Os anjos e os príncipes de Nibiru confraternizaram-se celebrando os acordos de descanso e os pedidos de Lahmu.

Depois os astronautas foram para os aposentos de visitantes e Enki embarcou em um Mu para o Abzu com Anzu.

Enki mostrou a Anzu, a baixa altura, todas as cidades-sinais.

— Trabalho soberbo, tu e teu irmão estão de parabéns, no dia que Anu aqui vier, verá as maravilhas que foram feitas.

— Obrigado, agradecemos ao Princípio por ter nos concedido o privilégio de aqui estar para a busca da salvação de Nibiru e seus habitantes, uma missão árdua, mas que recompensa o fundo de nossas almas.

— Concordo, sabemos que de nosso trabalho depende a salvação de um planeta inteiro.

E Enki seguiu mostrando as cidades e depois de sobrevoar a última, Sippar, curvou para o sul em direção ao Abzu.

Fez um voo mais lento e deixou Anzu admirar o planeta em duas passagens.

Pousaram no Abzu já com o sol se pondo e foram direto para a morada de Enki.

Ninki e os filhos os aguardavam

Outra festa. Os filhos conheciam Anzu de nome, era famoso em Nibiru e os jovens estavam frente a frente a um dos homens mais famosos do reino.

Aquele que veio de Nibiru, com os primeiros cinquenta, o piloto da primeira missão, depois acompanhou Alalu no desterro e também era de linhagem real.

Marduk era um admirador de Anzu.

— Líder, para nós é uma imensa honra recebê-lo em nossa casa — disse o jovem.

— Obrigado por vossa gentileza.

Marduk levou Anzu para o aposento de hóspedes.

— Senhor, aproveite o banho que está pronto, quando sentir-se à vontade, estaremos esperando por vós para um desjejum.

— Obrigado meu jovem — respondeu Anzu.

Mas o destino está traçado, por mais que os homens tentem mudá-lo, ele é inexorável.

Enki e Enlil buscavam dar a Anzu a volta do prazer de ver as coisas boas da vida, mesmo tão longe do planeta natal, mas ali naquela casa no Abzu, Anzu entristeceu-se novamente, por causa da presença do jovem Marduk e se lembrou de Nerge.

Dessa vez, Anzu não voltaria a ser o antigo astronauta, seu espírito ultrapassou um ponto sem retorno. O abatimento tomou conta do Anjo Líder.

O homem tomou banho, mas sem nenhum prazer. Trocou as vestes e foi ao desjejum.

Tentava mostrar uma alegria pela recepção, mas o interior estava em frangalhos.

Em meios a brincadeiras e sorrisos, passou-se o desjejum, uma longa conversa na varanda da soberba moradia do *segundo em comando* de Ki e depois todos recolheram-se aos seus aposentos.

Na manhã seguinte, Enki mostrou as instalações de extração e Anzu conversou com os astronautas-mineiros e viu que o trabalho era extremamente cansativo.

Alguns dos homens ao conversarem a sós com o líder de Lahmu, lhe confidenciaram suas insatisfações com o trabalho duro na área de extração e nos longos túneis para a extração do ouro.

Apesar de Ki ser um planeta em plena era glacial, a região do Abzu por estar na parte mais ao norte do polo sul era mais quente que outras regiões e em relação à Nibiru era muito mais quente. Os astronautas sentiam um calor maior, o mal dos astronautas ali tinha um efeito maior justamente por ser uma região mais quente. O calor, o trabalho duro nas minas, o mal e a saudade de Nibiru e dos belos jardins de E.din, tudo fazia com que os homens ficassem normalmente extenuados.

Anzu, no estado em que estava compadeceu-se com aqueles homens e esse algo a mais juntou-se ao espírito estraçalhado do anjo. Questão de tempo para Anzu enlouquecer. Um dos mais famosos homens do reino iria sucumbir à própria fraqueza mental. Treinado para superar adversidades, não resistiu à perda do único parente e a quem dedicara sua vida. Estava desmoronando.

Após a visita às minas, Enki levou Anzu de volta e tomaram novamente o caminho de Nippur.

## MATADOR DE UM PLANETA

Na manhã seguinte, Enlil convidou Anzu para conhecer as cidades-sinais.

Decolaram em um Mu em direção ao triplo um.

Pousaram em Eridu e foram recepcionados por Nergal, filho de Enki. Esta cidade era responsabilidade de Enki e na sua ausência, seus filhos comandavam as atividades administrativas e de operação da instalação componente do Caminho de Enlil.

Os três fizeram um passeio por Eridu.

Nergal mostrou a Anzu todas as instalações, o zigurate, pirâmide, os prédios de moradia e de administração, os jardins, o porto com seus barcos de madeira e os já famosos jardins do E.Din. Todas as cidades sinais tinham os seus.

Anzu e Enlil despediram-se do jovem Nergal.

Nergal seria conhecido em um futuro distante como o Aniquilador, um dos dois homens do Fim dos Tempos.

O Mandatário e o Anjo Líder decolaram novamente e Enlil levou o Mu a sobrevoar as outras cidades do *triplo um*, depois as do *triplo dois* e pousou em Shuruppak.

Disfarçadamente queria que Ninhursag examinasse Anzu.

Mas o destino estava traçado. Nenhum homem poderia detê-lo.

Assim que Enlil pousou, seu falador de pulso vibrou.

— Enlil.

— Mandatário, ocorreu um acidente em Larak, Ninurta pede sua presença com urgência — disse o homem sem se identificar.

— Adiante-me o que houve — exigiu Enlil.

— Um incêndio em uma das pirâmides; ocorreu uma explosão na câmara de mercúrio e o incêndio propagou-se para outras instalações.

— Obrigado, estou indo para Larak.

O homem só não informou que havia vítimas. Dois operadores da pirâmide haviam morrido. Enlil esquecera de perguntar sobre vítimas.

A noite seria de tristeza em Ki.

Novamente astronautas mortos.

Enlil lembraria dos *cinquenta* que morreram no planeta Kishar na vinda de Nibiru. O Dingir foi sugado pela forte atração gravitacional do gigante e o veículo caiu no planeta. O Mandatário voltaria a lembrar dos gritos de socorro dos Annunaki que ouvira pelos faladores.

Decolaram em direção à Larak.

Para Anzu, os prodígios de Ninhursag, seu elixir e suas mãos prodigiosas, que seriam a sua salvação, estavam ali a poucos metros, mas o destino o tirou das mãos da única pessoa que poderia salvá-lo.

Pousaram em Larak pouco tempo depois.

Foram em dois Discos do porto de shem para o local da pirâmide.

A entrada da pirâmide estava parcialmente destruída e ao longo da avenida, vários locais calcinados.

As pirâmides multitarefas, sejam as de Nibiru e as implantadas em Ki, tinham interligação pelo solo com outros prédios, através de pequenos cristais transmissores enterrados em pontos específicos, que propagavam a energia da pirâmide para os mais diversos fins, principalmente para o corredor magnético. Esta rede estava parcialmente queimada.

O fogo foi contido utilizando-se grandes caixas de madeira, que ficavam colocadas às margens de algum curso d'água. O uso normal delas era para suprimento de água, caso o sistema de distribuição para os prédios, feito por gravidade apresentasse algum problema, quando necessário, elas eram levitadas com projetores de ultrassom e levadas até onde fosse preciso. Mas serviam para casos de incêndios, que eram raríssimos. O que foi o caso na explosão da câmara de mercúrio da pirâmide de Larak.

Outra forma de apagar incêndios era o uso de pequenas esferas amarelas que cabiam na palma de uma mão e continham gás carbônico ou um pó amarelo, que arremessadas dentro de um foco de incêndio ou incêndio maior, estouravam com o calor, suprimindo o oxigênio e assim apagavam o fogo. Todos os prédios, principalmente o Enlace dispunham destas esferas colocadas nas paredes.

Ninurta estava à frente dos trabalhos. Todos os Annunaki do local estavam ajudando a apagar os últimos focos.

— O que aconteceu? — perguntou o Mandatário.

— Ainda não sabemos, provavelmente algo serviu de catalisador e o mercúrio da Câmara explodiu e tivemos vítimas, pai.

Enlil assustou-se.

— Dois homens morreram.

— Quem? — quis saber Enlil.

— Besha e Gilden.

— Gilden, primo de Nungal?

— Sim — respondeu Ninurta.

— Ele está onde?

— A última informação que consegui foi de que ele estava no Abzu — disse Ninurta.

— Ele foi informado sobre isso?

— Ainda não.

— Não deixe ninguém falar disso pelo falador, vou informá-lo pessoalmente.

— Sim senhor.

Depois Enlil foi observar o sinistro acompanhado pelo filho e Anzu.

— Vejas com extremo cuidado o que causou este acidente, isto não pode se repetir, não podemos perder homens ou mulheres neste tipo de acidente. Faça um relatório pormenorizado, após os funerais deverás levar ao Conselho Local com todas as recomendações de segurança, vamos aprender com o que aconteceu aqui.

— Sim senhor — respondeu Ninurta.

Enlil chamou Anzu, subiram nos Discos e foram para o porto de shem, de lá partiram para Nippur. Pousaram em Nippur e ambos dirigiram-se para o Enlace.

Anzu, sendo piloto já visitara o Enlace de Nibiru, mas não conhecia o de Ki.

Admirou-se com o enorme prédio, com altas colunas e finamente decorado.

Corredores com belíssimas estátuas, um jardim interno, onde pássaros entravam pela parte superior, um pequeno riacho cortava o jardim.

Um lugar aprazível de se trabalhar.

O coração do sistema de pouso de Ki. O coração do Caminho de Enlil.

Admirou a estátua do homen-gir na entrada da Nirga.

Enlil entrou na sala da Nirga. Anzu absorto com a beleza da estátua demorou-se um pouco na entrada e depois seguiu o Mandatário.

Enlil dirigiu-se a Judir, o chefe do Enlace.

Judir, vendo o príncipe entrar foi em sua direção.

— O que o traz aqui Mandatário?

— Quero que localize Nungal para mim, urgente.

— Sim senhor.

Judir virou-se para um dos homens-gir e passou o pedido de Enlil.

Alguns segundos depois, o homem disse aos dois:

— Nungal, está prestes a pousar em Sippar vindo do Abzu.

— Diga que estou ordenando que ele não pouse em Sippar e venha para o porto de shem de Nippur, vou aguardá-lo na plataforma.

— Sim senhor — respondeu o homem-gir.

Enlil olhou para Anzu:

— Vens comigo Anzu? Ou preferes ficar aqui e passar o tempo enquanto eu converso com Nungal?

— Ficarei por aqui Enlil, até tua volta.

Enlil dirigiu-se para a saída e Anzu ficou a conversar com Judir.

Judir atencioso e orgulhoso das tarefas que eram desempenhadas ali, passou a mostrar todo o funcionamento do Dur.An.Ki e o restante de todas as instalações para o famoso Anjo Líder.

Mostrou as tábuas de pouso e até os cristais de registro, o coração da Nirga, que ficavam na sala ao lado.

Em certo momento Judir foi chamado por um dos homens-gir para observar algo.

Anzu atingiu o ápice do transtorno.

Resolveu se apoderar das tábuas de destino — os cristais que faziam funcionar a Nirga. Enlouquecera.

Se não tivesse ocorrido o incêndio em Larak, provavelmente agora estaria sendo bem cuidado por Ninhursag.

***

*Porto de shem de Nippur*:

Enlil estava acompanhado de um astronauta em uma área próxima ao prédio de recepção do porto de shem.

Viu o Mu aproximar-se e pousar em frente a eles.

Caminhou na direção da comporta, aguardou sua abertura e Nungal descer.

Nungal o cumprimentou com uma curvatura do dorso.

— Que o Princípio a todos proteja — disse Enlil.

— Assim seja — respondeu Nungal.

O Annunaki que acompanhava Enlil nada disse e ficou observando os dois homens. Era apenas um acompanhante de Enlil, trabalhava na plataforma de pouso.

Nungal estranhou a ordem de cancelar o pouso em Sippar e vir para Nippur.

E agora quem o recebia era o Mandatário. Sentiu que receberia algo desagradável.

— Nungal, tenho uma notícia para vós, que não me é agradável, mas que senti obrigação de vir dizê-la pessoalmente.

Agora Nungal teve certeza.

Temeu que fosse algo relacionado com sua esposa em Nibiru ou um de seus filhos que lá ficaram.

— Sim Mandatário, estou ouvindo — respondeu um agora nervoso celestial.

— Infelizmente houve um acidente em Larak.

Mal Enlil completou a frase. Nungal ajoelhou-se na enorme placa de pedra da plataforma de pouso e colocou as mãos no rosto. Nem precisou Enlil continuar e já anteviu o que havia acontecido. Sabia que o primo trabalhava em Larak.

Como único parente em Ki, os dois costumavam se encontrar para passear, pescar e confraternizar em qualquer grande salão de festas de qualquer uma das cidades-sinais. O primo trabalhava na construção das perigosas câmaras de mercúrio das pirâmides.

— Gilden! Ó pelo Princípio, Mandatário, ele era um jovem ainda.

Enlil aproximou-se do celestial e colocou a mão na cabeça do homem. Não precisava dizer mais nada.

Deixou Nungal verter as lágrimas pela perda do parente.

Dois jovens astronautas haviam morrido longe de sua terra natal. Caberia a Enlil informar às famílias em Nibiru, providenciar os funerais e solicitar ao rei a indenização para as famílias. Todo astronauta ao sair de Nibiru, passara a ter direito a essa indenização como forma de manter a família ou alguém indicado por ele.

— Os heróis de Nibiru não podem ir em busca da salvação e deixar seus entes a passar necessidades — disse o rei quando iniciaram-se as viagens a Ki e instituiu a indenização como parte do acordo de viagem.

\*\*\*

*Nirga – Enlace de Nippur*:

Anzu sorrateiramente saiu da sala e foi para a sala que continha os cristais que faziam funcionar a Nirga. Eles eram responsáveis pelo recebimento das diversas informações do Caminho de Enlil, e uma das principais funções era a visualização dos shem, dos Mu e dos Dingir na mesa de controle.

No Enlace de Ki, a visualização eram diminutas réplicas dos aparelhos flutuando sobre três maquetes, a primeira mostrava o Caminho de Enlil com as cidades sinais, a segunda mostrava o planeta e os aparelhos voando por ele, ainda não totalmente, pois a *rede de fiscalização* ainda não cobria todo o planeta e uma terceira mostrava o sistema planetário. Nesta última havia uma simulação da posição de qualquer aparelho, onde o homem-gir inseria dados numa placa metálica, inserida na base da maquete, era lida pelos cristais e transformada numa visualização tridimensional.

Quando um Mu que decolava de Lahmu para Ki, o homem-gir inseria as informações sobre o voo, a hora de partida, tempo transcorrido, velocidade e demais variáveis e assim eles tinham na Nirga uma estimativa de posição no espaço e uma visualização na terceira posição de maquete até que aparelho entrasse na fiscalização do Enlace e aparecesse na segunda visualização, desta vez com sua posição real.

Anzu foi até a sala dos cristais e das tábuas de destino, retirou rapidamente os vários cristais de dentro dos compartimentos.

Imediatamente a Nirga parou, as visualizações tridimensionais em todas as três maquetes de controle se apagaram, ficaram somente a parte física, os cristais de iluminação que eram púrpura se apagaram e cristais de iluminação normais de cor clara acenderam-se.

O Caminho de Enlil parou de funcionar. O Enlace que sincronizava todas as cidades-sinais instantaneamente parou.

Os homens-gir foram tomados de surpresa. Tomaram logo como um defeito. Raro de acontecer, mas esperado.

Judir iniciou os protocolos para a situação.

Usando faladores portáteis avisou aos veículos que voavam por Ki naquele instante, três no total, que a Nirga *escurecera*. Todo celestial sabia o que era. Significava uma pane total do Enlace e do Caminho de Enlil.

A Nirga não fiscalizava mais nenhum voo e o sistema de pouso sem visão estava parado.

Quem estivesse voando devia seguir o protocolo de pouso com visão no próximo porto de shem e assim evitar entrar em mal tempo sem apoio do Enlace e não conseguir avistar o chão ou colidir com outro veículo ou com alguma montanha.

E assim os celestiais dos três veículos o fizeram.

Um pousou em Shuruppak, outro em Lagash e o terceiro em Sippar. Ninguém podia voar enquanto a Nirga não voltasse a funcionar, normalmente isso durava pouco tempo.

Mas ao contrário do que os homens-gir e os celestiais pensavam, o *escurecimento* da Nirga desta vez fora mal intencionado.

Anzu, com os cristais na mão, saiu rapidamente da sala contígua à Nirga e desapareceu no prédio.

Foi à sala onde se guardam os Discos, se apossou de um, pegou uma bolsa e colocou os cristais dentro e saiu do prédio, decolou rumo ao alojamento onde estavam seus homens.

Agora Anzu, tresloucado, delirava em ser o Mandatário, iria abjurar com seus anjos, para ser o rei de Ki e de Lahmu.

Pousou em frente ao prédio onde seus homens descansavam. Encontrou-os quase todos deitados em suas camas.

Chamou Semjaza e lhe disse baixinho:

— Retirei as tábuas de destino do Caminho de Enlil e escureci a Nirga.

O anjo que era um celestial sabia o que Anzu causara. Espantou-se, mas falou ao Líder:

— Senhor, isso será um enorme golpe em Enlil.

— Sim e agora eles terão que empossar-me como Mandatário de Ki e de Lahmu.

Semjaza, que já não gostava do que sempre fizeram com os astronautas de Lahmu, ou pelo menos imaginava que tivessem feito, incitou a revolta de Anzu.

— Concordo, eles serão obrigados a isso.

E chamou os demais anjos.

— Anzu escureceu a Nirga de Nippur e está com as tábuas de destino do Caminho de Enlil — disse o anjo rebelado.

Anzu abriu a bolsa e mostrou aos outros homens.

A maior parte dos anjos exultou, apoiando a revolta contra Enlil e Enki, exceto um, que viu que aquilo era um devaneio de Anzu; quem dentre os príncipes que detinham o poder em Ki, deixaria Anzu se impor pela força? Sabia disso, mas também não se opôs e nem falou nada que incitasse ainda mais os ânimos.

Semjaza disse a Anzu:

— Esconda-se Líder, para que possas dar um ultimato a Enlil, pegue um Mu, vá para Lahmu, com o Enlace escurecido ninguém o fiscalizará nem poderá vê-lo partir— o incentivo ao homem que perdera a razão e escurecera o sistema de pouso de Ki, fez com ele se animasse.

Anzu concordou sem dizer nada, deixou os homens e foi ao porto de shem.

Novamente por uma das inúmeras curvas do destino, só havia um aparelho no local. Justamente o que Nungal chegara a mando de Enlil.

Pouco antes de Anzu pousar usando um Disco no porto de shem, Enlil saíra da plataforma acompanhando Nungal em direção a um dos prédios administrativos de Nippur.

O que ajudara Anzu chegar até ali e sem que ninguém o impedisse foi o espaço de tempo que os homens-gir tiveram para averiguar a causa do escurecimento da Nirga.

O protocolo de segurança primária era fazer com que os veículos que estivessem voando fizessem o pouso de segurança, usando faladores portáteis na frequência de cristais aberta dos celestiais. Todo veículo em voo ouviria a mensagem do Enlace.

O segundo protocolo era evitar colisões entre os aparelhos.

O terceiro verificar a causa do *escurecimento*.

Esse espaço de tempo entre assegurar o pouso normal dos Mu ou Shem em voo e verificar a causa do escurecimento ajudou Anzu.

Ninguém percebeu a ausência de Anzu, até que um trabalhador do Enlace realizando o protocolo de verificar a pane foi à sala dos cristais e viu que todos eles tinham sido retirados.

O chefe do Enlace foi informado e este chamou Enlil.

O falador de pulso vibrou e Enlil atendeu:

— Enlil.

A voz nervosa de Judir trazia más notícias:

— Mandatário, temos um problema grave no Enlace, alguém roubou as tábuas de destino.

Enlil empalideceu.

Outro problema em tão pouco tempo para o Mandatário. Insatisfação dos anjos de Lahmu, acidente em Larak, morte de astronautas e agora o roubo das tábuas de destino.

Enlil percebeu que isso era um problema gigantesco. Os cristais não eram fabricados em Ki, todos eles vinham de Nibiru e sem eles o Caminho de Enlil ficaria desligado por um tempo extremamente longo, Nibiru estava na rota de afastamento do sistema.

— Alguma suspeita? Por que alguém faria isso?

— Sim Mandatário, temos um suspeito, na verdade, quase uma certeza, Anzu conheceu as instalações de todo o Enlace e justamente ele não estar mais aqui. Acreditamos que ele retirou os cristais.

— Obrigado — disse Enlil e desligou o falador.

Apertou o cristal e fez uma chamada.

— Ninurta — atendeu o filho em Larak.

— Venha a Nippur imediatamente, Anzu roubou as tábuas de destino do Enlace e fugiu com elas, a Nirga está escurecida.

Houve um espaço de tempo para a resposta. Assim como Enlil, o filho também levou alguns segundos para absorver a má notícia.

— Estou indo — disse Ninurta.

Enlil apertou o falador novamente.

— Enki.

— Irmão, preciso que venha urgente para Nippur, penso que Anzu perdeu a razão dada pelo Princípio pois roubou as tábuas de destino do Enlace.

Da mesma maneira que Ninurta, houve um breve espaço de tempo para Enki responder. Absorvia a notícia com pesar, pois Anzu era conhecido dele de muito tempo e fizera o primeiro voo dos cinquenta para Ki.

— Estou indo — finalmente Enki respondeu sem dizer mais nada.

Do mesmo modo Enlil, chamou Ninhursag. A realeza toda foi convocada para ir a Nippur.

Agora até os funerais dos dois astronautas mortos teria que esperar.

Não demorou e Ninurta chegou num Disco.

Pousou direto em frente ao prédio do Enlace e foi até a Nirga.

Quando abriu as portas, o pai e os homens que ali estavam viram pela primeira vez um Guerreiro do Rei.

Ninurta entrou e foi na direção do grupo de homens que conversavam, entre eles seu pai.

Outros homens sentados nas cadeiras em volta da maquete também viraram para olhar o homem todo vestido de negro entrando.

Até o pai impressionou-se com o gigante com arma de raio atravessada no peito e um escudo nas costas.

— Agora sei por que o rei me enviou. Buscarei e trarei Anzu.

Ninguém respondeu. Ainda não haviam passado o impacto pela visão da chegada abrupta de um guerreiro do rei.

— Alguém sabe onde o restante dos anjos está? — continuou Ninurta sem importar-se com os homens surpresos pela sua presença.

— No *prédio de alojar* dos visitantes — disse um dos homens-gir.

— Obrigado, pai fale comigo pelo falador de pulso, frequência de cristal pessoal — disse Ninurta, deu meia volta e saiu do Enlace.

Atrás deles, os homens ficaram calados, inclusive o pai, que agora teve noção do porquê do filho ser admirado e famoso em Nibiru.

O homem brincalhão e amoroso com a família e principalmente com os irmãos, mostrou ali sua verdadeira face — a de um guerreiro decidido e de rápidas decisões. Entre o recebimento da mensagem do pai, a troca de roupa, o voo em altíssima velocidade de Larak a Nippur passou pouco mais de uma hora de Ki.

Nesse meio tempo, Anzu, havia pousado no porto de shem, ao lado do Mu de Nungal. O trabalhador da plataforma de pouso, o mesmo que acompanhara Enlil há pouco tempo na recepção à Nungal estava ali ainda.

— Líder Anjo, prazer em recebê-lo, utilizarás este Mu?

— Sim. Apronte-o, farei um voo para o Abzu a convite de Enki — mentiu Anzu.

O trabalhador da plataforma prontamente preparou o Mu. Anzu embarcou e decolou rumo ao sul e pouco tempo depois guinou para o alto e disparou para o espaço em direção a Lahmu.

Mal o Mu de Anzu partiu, Ninurta chegou ao *prédio de alojar* dos visitantes e entrou na ampla sala de dormir, onde ainda estavam os anjos.

Nenhum deles imaginaria que Ninurta apareceria ali tão repentinamente, os ânimos exaltados do momento em que Anzu chegou com os cristais não os deixaram analisar a situação de forma racional.

Os que estavam de costas para a entrada da sala, ao virarem-se, depararam-se com o homem de preto.

O medo estampou-se no rosto de todos.

De forma ameaçadora Ninurta entrou na sala:

— Onde está o vosso Líder? Vós sabeis o que Anzu acabou de fazer?

O medo nos anjos, fez com que nenhum respondesse.

— Algum de vós ainda sabeis falar? Ou terei que fazê-los falar à força?

Justamente o único dos Igigi que havia tido o discernimento de ver a situação perigosa na qual Anzu colocara todo o Caminho de Enlil, principalmente se tomasse a decisão de quebrar os cristais, pois seria um enorme problema para o envio do ouro, a partida e chegada dos Dingir, respondeu a Ninurta:

— Anzu foi em busca de um Mu no porto de shem e de lá se esconderá em Lahmu.

Ninurta olhou para o delator, balançou a cabeça agradecendo:

— Nenhum de vós deverá sair deste lugar. Estou, por ordem do rei, os detendo, assim que determos Anzu, os senhores serão julgados pelos Sete por traição, terão justo julgamento.

Virou-se e saiu.

Deixou os anjos, que momentos antes estavam exaltados e incentivando a tresloucada ação de Anzu, abatidos, alguns jogaram-se nas camas. Nada podiam fazer, mesmo com tudo aberto, o prédio e as portas, para onde fugiriam?

Ninurta foi em direção ao porto de shem. Pousou na plataforma, olhou ao redor e não viu nenhum veículo, seja shem ou Mu, colocou o Disco nas costas e foi na direção do prédio de recepção.

Antes de chegar, o mesmo trabalhador veio na direção de Ninurta.

Como ele vira Ninurta pousar e já o conhecia não se assustou, apenas estranhou o guerreiro do rei vestido para um combate.

— Vistes o líder dos anjos? — perguntou Ninurta, logo que o homem chegou ao alcance de sua voz.

— Sim, acabou de decolar com um Mu para o Abzu.

— Para o Abzu? Ele que vos falou isto?

— Sim, disse-me que iria para lá a convite de Enki.

Ninurta agora sabia que Anzu realmente conseguira sair de Ki e ir para Lahmu. Enganara o homem da plataforma de pouso.

— Tens um falador para ligar no cristal de Sippar? Com o porto de shem?

— Sim — respondeu o homem.

— Mande aprontar um Mu, o Pássaro do Rei, que chegarei lá dentro de instantes — falou Ninurta para o homem de Nippur, esticou as hastes de controle do Disco, começou a correr, subiu de forma acrobática e saiu em altíssima velocidade na direção de Sippar.

Quando chegou a Sippar, o Mu já estava pronto para a partida. Ninurta veio voando a baixíssima altura sobre o enorme campo de pouso e foi direto para a comporta lateral e sem descer do Disco adentrou a espaçonave.

Acenou para o homem da plataforma e deu partida no aparelho e disparou para o espaço em direção de Lahmu.

Fazia uma corrida contra o tempo, havia o perigo de Anzu quebrar os cristais até de forma acidental.

E sem o Enlace não havia como saber onde estava o Mu com Anzu, tinha que fazer o Pássaro do Rei, viajar na velocidade máxima, imaginava que Anzu, não sabia que ele descobrira seu destino tão rápido.

*Anzu certamente perdeu a razão e a forma de pensar racionalmente e não imagina que estou atrás dele em tão pouco tempo —* pensou Ninurta que contava com essa vantagem para surpreender Anzu e prendê-lo.

Ao aproximar-se de Lahmu, Ninurta foi direto para a Base Anjo. Pousou no *porto de shem*, gigantesco, maior do que o de Ki, pois fora projetado para ser uma estação de transbordo dos novos Dingir.

A base estava completamente deserta. Ninurta andou pelas instalações e não encontrou ninguém.

Olhou para as montanhas próximas e para a floresta ao lado.

*Esconderam-se* — deduziu o guerreiro, provavelmente Anzu os chamou pelo rádio. Se eles não estão aqui devem estar no mesmo lugar que Anzu e tem que ser um lugar amplo para comportar quase trezentos homens.

Ninurta voltou ao Mu e decolou. Começou a voar aleatoriamente. Buscava uma área ampla em que um Mu pudesse pousar e onde coubessem todos os homens da base. Poderia ser na floresta ou nas montanhas.

Deu voltas e mais voltas sem resultado.

Voltou para a base ao anoitecer.

Procurou o salão de refeições, buscou comida, alimentou-se e foi para os aposentos do anjos procurar um local para descansar.

Dormiu e acordou antes do dia aparecer.

Ainda escuro voltou ao Mu e decolou novamente e foi fazer buscar em nova área. Se os Igigi estavam na floresta precisavam de calor e isso só se consegue com fogo.

Começou a dar voltas mais amplas. Foi quando avistou à distância pequenas luzes no meio de uma floresta ao lado de um grande rio.

Ao chegar mais perto, um Mu disparou do meio da floresta para o espaço.

*Anzu* — pensou Ninurta — *devem ter visto o meu Mu e suas luzes*.

Disparou atrás do Anjo Líder. Uma corrida alucinada pelo planeta começou.

Ninurta pelo falador começou a chamar na frequência coletiva. Anzu haveria de ouvi-lo.

— Anzu, entregue-se, volte à razão — disse repetidas vezes.

Até que Anzu respondeu:

— Nunca, serei o Mandatário de Ki e de Lahmu, estou com as tábuas de destino, terão que capitular perante a mim — e deu uma enorme e histérica gargalhada.

*Perdeu a razão, infelizmente tenho que pará-lo a qualquer custo* — pensou — *vou ter que usar as armas de raio.*

Um Mu além de versátil, era extremamente ágil, conseguia fazer curvas de noventa graus instantaneamente. Seria difícil Ninurta deter Anzu. Mas para quem guerreou com os assassinos de Alalu durante muito tempo em Nibiru e combateu das mais diversas formas, tinha essa vantagem em cima de Anzu, que além de não conhecer técnicas de combate, não estava mentalmente estável.

Ninurta acompanhou Anzu pelo planeta inteiro, até que subitamente Anzu disparou rumo ao espaço.

*O que será que intenciona fazer? Nunca vai conseguir fazer com que eu deixe de segui-lo* — Ninurta perseguia Anzu e nunca o deixaria fugir.

Esperava o momento de disparar a arma de raios de maneira a fazer com que o Mu de Anzu fosse obrigado a pousar. Não poderia disparar uma carga em altura elevada, pois poderia fazer o Mu cair e matar o anjo rebelado e junto com eles, perder a preciosa carga roubada.

Da mesma forma que repentinamente subiu, Anzu fez o Mu descer violentamente em direção ao chão. Os veículos estavam em velocidades alucinantes.

Quando Anzu aproximou-se do chão, Ninurta viu que era o melhor momento para o disparo.

O Mu de Anzu ao invés de descer mais, voltou a subir. Ninurta queria evitar uma nova subida e disparou.

Um enorme clarão apareceu abaixo de Ninurta e o cegou.

*Algo deu errado* — pensou Ninurta e antevendo um perigo virou o Mu para a direita e impôs velocidade total, o veículo deu um salto para o espaço.

Do alto Ninurta viu uma tempestade de raios abaixo dele.

Enormes clarões iluminaram o amanhecer de Lahmu.

*O que será que houve? Isso não pode ter sido o disparo de minha arma* — pensou Ninurta

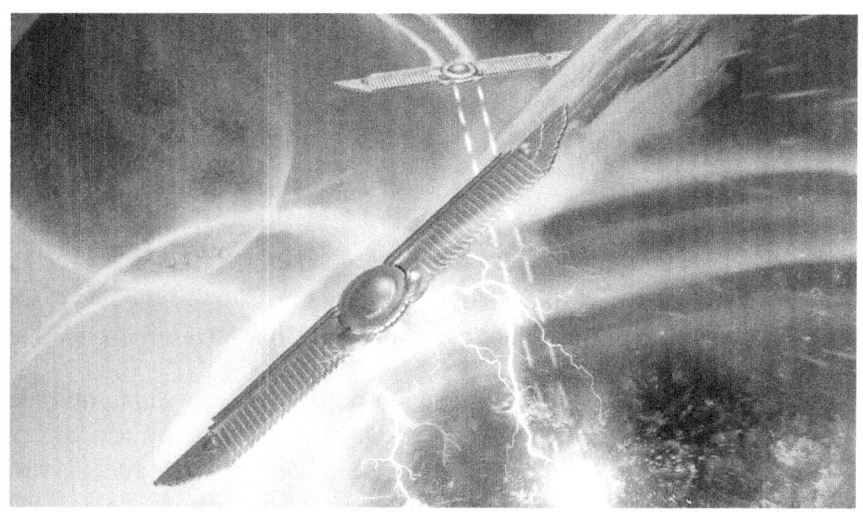

Ninurta não sabia, mas o raio que saiu de sua nave, encontrou condições atípicas na atmosfera e no solo do planeta e aconteceu algo que nunca se esperaria. O raio atuou como um catalizador, provocou uma reação em cadeia ao ricochetear no chão. O tiro havia errado o Mu de Anzu.

Uma explosão gigantesca cortou o céu de Lahmu, o raio transformou-se em outros raios menores que espalharam como um curto circuito em câmara de mercúrio, espalhou-se e cortou a terra por milhares de quilômetros, secou instantaneamente rios e queimou florestas. Além de abrir uma vala de dimensões planetárias.

Ninurta naquele momento não saberia, mas a consequência foi que aquele disparo de sua arma catalisada por algum fator desconhecido, mataria o planeta Lahmu, lentamente, no decorrer de suas rotações ao redor de Ki, a atmosfera ruiria. Os nibiruanos teriam que deixar o planeta, suas florestas morreriam, seus rios secariam e com ele toda a vida animal.

Ninurta acabara de matar um planeta.

O planeta outrora verdejante e azul daria lugar a um deserto de poeira vermelha sem vida.

Ninurta desistiu da perseguição e afastou-se da área.

Voltou para a base e pousou. Ao descer do Mu avistou alguns anjos junto aos prédios, que ao reconhecê-lo correram para esconder-se novamente na floresta.

Já era dia.

Ao descer do veículo viu que alguns dos prédios, os que não eram de pedras e sim de material fabricado em Nibiru, haviam desmoronado.

*Um tremor de terra* — imaginou o gigante — *resultado do meu disparo? O que será que aconteceu?* — continuava a pensar o que ocorrera — *Afetou o planeta inteiro, mas o disparo de uma arma de raios nunca teria esse efeito, até porque minimizei o disparo para apenas afetar o Mu de Anzu e fazê-lo pousar, algo na atmosfera ou no solo fez com que o disparo tomasse proporções gigantescas, deve ter catalisado algo* — Ninurta desta vez concluiu acertadamente.

Procurou algo para comer e depois caminhou pela base, não viu mais ninguém.

Perdera Anzu de vista.

Resolveu ir para o Mu e esperar um pouco e ver o que Anzu faria. Sem razão como estava poderia aparecer novamente em busca de seus homens.

Passou-se um dia e uma noite e nada de Anzu aparecer. Pacientemente Ninurta esperava. Já havia feito isso outras vezes, paciência de um caçador de homens.

*Ele vai aparecer, mais cedo ou mais tarde, não poderá ficar longe de seus homens* — pensava Ninurta, sentado na cabine de comando do Mu com as pernas em cima da mesa de controle do aparelho, com uma barra de alimento na mão esquerda e na direita um suco de frutas que apanhara na cozinha do grande salão — *para Ki não poderá ir, só lhe resta voltar para seus homens.*

Ninurta resolveu mudar de tática. Saiu do Mu e foi para a floresta á procura dos anjos sumidos.

Pegou um Disco e decolou para onde havia visto as fogueiras dias atrás.

Pousou numa clareira um pouco antes da área das fogueiras, colocou o Disco nas costas e foi a pé.

Não demorou e achou os homens espalhados pela floresta, usando abrigos improvisados.

*Devem estar temendo uma retaliação da minha parte* — avaliou o caçador.

Ficou à espreita.

Sua paciência foi recompensada.

Anzu voltou.

*Sabia! Mais cedo ou mais tarde ele voltaria* — pensou Ninurta escondido no meio da folhagem.

Preparou-se para abordar o anjo rebelde.

Anzu chegou e conversou com alguns homens. Ninurta não ouviu, mas não lhe interessava. Iria prender Anzu pela traição. Acercou-se lentamente, andando agachado no meio da floresta.

Ao chegar à borda da clareira em que os anjos estavam disparou uma pistola de raios.

O grupo inteiro de aproximadamente cinco homens caiu ao chão debatendo-se. O tiro não era mortal, Ninurta ajustou somente para paralisá-los.

Outros anjos viram assustados o raio partir da borda da clareira, uns correram com medo, outros não conseguiram se mover.

Ninurta saiu de onde estava. O impacto foi maior ainda, muitos fugiram em desembalada carreira para o interior da floresta, outros ficaram estáticos olhando um enorme homem de negro sair da mata para a clareira carregando uma arma longa.

Foi para onde estavam os homens caídos.

— Onde está o Mu de Anzu? — gritou.

Um Igigi veio até ele e lhe indicou a direção.

Ninurta balançou a cabeça e depois falou em voz alta.

— Todos devem voltar imediatamente para as instalações da estação de passagem, aquele que não voltar será acusado de traição em conluio com Anzu e será levado a julgamento perante os Sete.

Ninurta aguardou um pouco para ver se os homens haviam entendido.

Como ninguém se mexeu gritou de novo:

— Agora, mexam-se.

A forma ameaçadora do guerreiro do rei, fez com que os homens lentamente tomassem o caminho da base.

Chamou alguns e disse:

— Peguem os narcotizados e os levem para a base, lhe deem medicamentos, amanhã estarão restabelecidos.

Pegou Anzu, colocou-o nos ombros e foi na direção onde estava o Mu do rebelde.

Achou o aparelho em uma clareira, subiu pela escada de acesso à cabine e deitou Anzu no compartimento ao lado da cabine de comando. Prendeu o rebelado e foi à procura dos cristais.

Achou a bolsa ao lado do posto de comando da cabine. Um alívio em ver que estavam intactos.

Acionou o aparelho e decolou em direção onde estava o Pássaro do Rei.

Trocou de aparelho e partiu para Ki.

*

*O julgamento de Anzu em Eridú:*

Os Sete que julgam, estavam sentados à mesa, Anzu à esquerda destes de frente ao público, o rosto abatido, um homem mais morto que vivo.

Estavam ali, toda a realeza de Ki, Enlil, Ninlil, Nannar, Enki, Damkina, Marduk, Ninurta e Ninhursag.

Ninurta acusou Anzu pelos seus crimes e sua grave traição e pediu pena de morte.

Marduk atuou na defesa de Anzu e o fez espontaneamente, admirava o ex-líder dos anjos.

— Anzu estava transtornado, seu pensamento havia perdido a racionalidade, a administração de Ki deveria ter observado seu comportamento antes e o trazido de imediato para Shuruppak para ser tratado pela *Dama da Vida*.

Um enorme burburinho correu pela plateia. Marduk começava a mostrar ali, naquele julgamento, sua atitude de rebeldia perante os parentes do tio Enlil.

Ali começava a luta dos clãs de Ki.

Sua ousadia levaria às *Guerras das Pirâmides* em um futuro distante e o planeta a uma convulsão social e ao *Fim dos Tempos*.

Marduk continuou a defesa de Anzu:

— Além disso, os reclames dos anjos eram verdadeiros, a administração de Ki observou mais as necessidades de Ki do que de Lahmu. Anzu e os anjos foram esquecidos.

Era possível ver que, apesar de Marduk estar certo em sua defesa, desagradava visivelmente Enlil.

Terminada a acusação e defesa, os Sete se reuniram em outra sala e momentos depois voltaram com o veredito.

O mais velho dos *Sete* leu o veredito:

— Anzu é culpado de traição contra o reino de Nibiru por ter colocado em risco os procedimentos do Caminho de Enlil e o regular suprimento de ouro salvador, a sentença é a morte, Marduk deve levar seu corpo e o enterrar junto a Alalu de quem Anzu era parente, e ainda, que fique Marduk como responsável pela base de Lahmu e zele pelo bem estar dos Igigi, que o Princípio a todos proteja.

— Assim seja — respondeu a audiência do julgamento.

Alalu foi morto com um disparo de uma arma de raios. Sem nenhuma cerimônia foi embarcado em um Mu e Marduk, um jovem ainda, o levou para Lahmu.

Anzu, um dos homens mais famosos de Nibiru, aquele que conheceu os céus e o negrume do espaço, foi enterrado por Marduk e alguns anjos numa cova ao lado do homem de mil faces.

Seu nome ficaria na história de Nibiru como sinônimo de traidor. Tudo porque ele amava um jovem que partiu prematuramente e em quem depositava todas suas esperanças de vida. A desesperança matou Anzu.

O planeta ruiria e com ele tudo o que os Annunaki fizeram em Lahmu, somente um rosto gigantesco talhado na pedra ainda ficaria por longuíssimo tempo, mas depois também sumiria.

## CAPÍTULO XVIII
## DESPEDIDA DOS "VELHOS"

PRELÚDIO

A realeza de Ki estava ao redor da imensa mesa, no prédio administrativo de Enki na cidade-sinal de Eridu.

As demais cidades-sinal planejadas por Enlil eram assemelhadas no aspecto, Eridu era para ser feita do mesmo modo, mas Enki, lhe deu toques especiais, pelo talento que tinha em embelezar as construções.

Tudo tinha um toque do gênio. Desde uma mesa até o mais alto zigurate, a pirâmide guia, nas noites escuras de Ki, sem Kingu no céu, reluzia e emitia pulsos de sinais do cristal pelo espaço.

Todo Annunaki que por lá ficasse algum tempo, se deliciava em admirar a arte de Enki e muitos se sentavam nas varandas dos lugares de alojar, na frente do local de trabalho em um momento de descanso para ver a pirâmide de Eridu e seus sinais celestes multicores.

— Enki é realmente o senhor desta terra, genial — dizia o astronauta, deitado em uma cadeira a olhar para a pirâmide emitindo suas luzes multicores.

— Que beleza, admirável — dizia outro.

Hoje, Enlil, Enki, Ninhursag e Ninurta debatiam sobre os acontecimentos recentes, as insatisfações, seus efeitos nefastos e como melhorar o bem estar dos homens e mulheres enviados para Ki para extrair o ouro vital para Nibiru.

— Devemos aprender com o que aconteceu — disse Enki — as insatisfações não podem continuar.

— Concordo — disse Enlil. — Quais são nossas alternativas? Não podemos ter mais rebeliões como esta de Anzu, caso a próxima seja de maior vulto, poderemos ter atentados à vida dos dirigentes, que somos nós.

Enlil, sem ter ainda a faculdade de prever um futuro possível como seus ascendentes, nem imaginava quão próximo isso estava para acontecer.

— O tempo de permanência em Ki é excessivo, o corpo de nós nibiruanos, sente os efeitos adversos desse tempo muito longo — argumentou Ninhursag.

— Temos então que fazer com que o envio de ouro seja mais rápido e que o tempo de estadia dos astronautas seja menor — falou Enlil.

— Proponho que transformemos uma das cidades numa central de refino, faremos todos os equipamentos em Nibiru e os traremos para cá. Proponho Bad-Tibira, além disso, faremos lançamentos direto, sem a Estação de Passagem de Lahmu, aumentaremos a plataforma de Sippar e a base com blocos de pedra maiores para suportar o peso dos Dingir, a cada lançamento os Dingir não leverão somente o ouro refinado, levarão também os astronautas e assim o tempo aqui será muito menor e a insatisfação também, além de diminuir-se o efeito do Mal.

Os presentes assentiram.

— Como Ninurta deu a solução e passou a ter enormes conhecimentos sobre a extração e o refino de ouro, que ele seja o Comandante de Bad-Tibira — falou o tio.

Nova concordância.

— Informarei ao rei nossas propostas — concluiu o Mandatário.

A reunião foi encerrada e todos dirigiram-se para o porto de shem de Eridu e de lá partiram para Sippar.

Era o sétimo dia de descanso em Ki, pela contagem de tempo de Nibiru. Hoje era um dia especial.

Seria a despedida dos "velhos". Os astronautas mais antigos, que haviam chegado nos Tempos Prévios, muitos shars atrás.

Agora voltariam para Nibiru, nunca mais voltariam a Ki, por ordem do rei, iriam desfrutar seus últimos anos de vida, longe do trabalho, sendo mantidos pelo Tesouro, um reconhecimento pelo longo tempo a serviço de Nibiru em um planeta distante.

O lançamento seria na noite de Ki, iluminada por Kingu em toda sua plenitude. Todos os astronautas foram convidados, inclusive o das cidades-sinal. O lançamento deste Dingir era muito especial, somente poucos homens ficaram na Nirga para *fiscalizarem* o lançamento.

O enorme salão de festas de Sippar estava completamente lotado. Os *"velhos"* estavam na grande mesa, de frente para todos, ladeados por Enlil e Enki, podiam ser avistados por quem ali estivesse, a mesa ficava num plano mais alto que o piso do salão.

Hoje os *velhos* eram os atores principais.

Enlil discursou, depois Enki.

O mais emocionado era Enki que chegou aqui junto com a maioria deles, quando ainda era chamado de Ea.

Após os discursos, todos participaram de um farto desjejum. Quando este terminasse, os príncipes e os astronautas partiriam para Nibiru e entre os "velhos" estava Nungal, Abgal e Alalgar.

Os velhos subiram numa pequena plataforma mantida flutuando por campos de ultrassom, que saiu pela avenida principal de Sippar à frente de uma enorme multidão de astronautas, cruzando toda a cidade até a gigantesca plataforma de pouso e lançamentos.

Na lateral da plataforma de pouso, a pequena plataforma flutuante parou.

As últimas homenagens foram feitas.

Ninurta sugeriu a mesma cerimônia feita na despedida de Nerge. Assim centenas de astronautas acenderiam pequenas hastes que faiscariam.

As luzes elétricas foram apagadas e assim como na distante Agadé, cada presente acendeu uma pequena haste de madeira que faiscava. O local iluminou-se com centenas de pequenas luzes faiscantes.

Enlil, Enki e Ninurta despediram-se dos velhos com o cumprimento dos celestiais, um abraço e um toque de testa com testa.

Logo a seguir, astronautas em pequenos grupos, apareceram voando em Discos, lado a lado, lentamente. Cada um carregava na mão esquerda uma haste de madeira faiscante.

Difícil não se emocionar.

As mulheres presentes eram as mais chorosas.

Lentamente aqueles homens sobrevoaram a plataforma e pousaram atrás de um prédio e voltaram correndo para também verem a partida do Dingir.

Em seguida, apareceram dois Mu voando a grande altura, soltaram fogos de suas comportas. Outro espetáculo de fogos como na despedida de Nerge.

A pequena plataforma flutuante afastou-se e levou os velhos e outros astronautas que haviam completado seu tempo de serviço em Ki e que iriam para seu tempo de repouso em Nibiru, para o enorme Dingir.

Todos acompanharam a partida.

O enorme aparelho flutuou e saiu levitando.

Seguia o Caminho de Enlil, subindo, foi na direção de Larak e depois passaria sobre as cidades-sinal do sistema e a seguir por meios próprios dispararia em direção ao distante Nibiru.

Só um velho não foi.

Isimud, o Vizir do Abzu.

Estava ali, olhando a partida ao lado de Nannar. O garoto segurava na mão do velho amigo. Inteligente e perspicaz como sempre.

— Isimud, porque vós não fostes para o longínquo Nibiru, um dia eu irei lá com Ninurta.

O velho passou a mão na cabeça do garoto e sorriu.

— Minha Luz, o velho Isimud não tem ninguém lá, que faria eu lá? Com quem eu pescaria? Com quem eu brincaria de correr entre os jardins? Não tenho mais ninguém lá! Meu melhor amigo está em Ki, ele é chamado de Nannar, o Brilhante, então a gente não abandona os amigos, vou ficar por aqui, vou pescar com meu amigo e correr por estes jardins.

O velho Vizir pegou novamente na mão do garoto e continuou a olhar o Dingir sumir no horizonte.

Nannar olhou para o rosto do velho amigo e viu que ele sorria.

## *AMOTINADOS DO ABZU*

O pequeno shem pousou no porto de shem do Abzu e lá estava como sempre, Isimud a receber Enlil, que chegou acompanhado de seu Vizir, Nuskur.

— Bem vindo Mandatário, bem vindo Nuskur.

— Obrigado Vizir, onde está meu irmão? Tento falar-lhe há alguns dias de Ki e não consigo.

— Mandatário, até Damkina tem reclamado dos sumiços repentinos de Enki, ele pega ou um pequeno shem ou um Disco, parte na direção sul e passa dias de Ki por lá, ninguém sabe o que ele faz nestes dias — respondeu Isimud.

— O que será que ele anda fazendo? — perguntou Enlil virando-se para Nuskur, que apenas moveu os ombros, querendo dizer que não tinha menor ideia das atividades ocultas de Enki.

O velho Vizir acrescentou aos visitantes:

— Mas seu filho, Ningishzidda, sabe de algo que Enki oculta de todos, eles juntos, instalaram num dos prédios daqui, uma *Casa da Vida*.

Enlil ficou surpreso.

— Como? Uma Casa da Vida? O que pretende Enki? Ninhursag sabe disso?

— Estranho vós não saber Mandatário, aqui todos sabem, apenas não sabemos a pretensão de Enki e do filho, que é cientista como a *Dama da Vida*, certamente que para nós são atividades que não nos dizem respeito, então as tratamos desta forma.

— Vou esperar o retorno de Enki, antes vou confabular com meu sobrinho e verificar que atividades ocultas ele e Enki andam fazendo, obrigado Vizir, não precisa me acompanhar.

Enlil deixou Isimud e acompanhado pelo seu Vizir foi verificar a área de extração.

O que viu por lá, não gostou. Homens desanimados e com rostos hostis, percebeu que o local estava prestes a explodir em uma revolta pior do que a que Anzu provocou.

Tinha vindo ali, justamente ver o que estava acontecendo, pois Ninurta havia ido avisar-lhe que a quantidade de ouro tinha diminuído e não se sabia a causa. Ninurta o precedera numa investigação própria ali no Abzu e o alertara. Mas antes, Ninurta dissera ao tio o que tinha percebido. Enki fez pouco caso das observações de Ninurta.

Enlil agora sabia a causa, era a displicência de Enki na condução das atividades de extração e remessa do ouro para E.din. Estava fazendo algo que o tirava do Abzu frequentemente. Iria descobrir o que era.

Se ele e o filho haviam instalado uma Casa da Vida, que era um lugar que era dotado de equipamentos com objetivos de desentranhar os mistérios da vida e da morte através de fórmulas sagradas, os dois estavam fazendo algo difícil de quantificar os resultados.

Enlil não gostou nem um pouco de saber disso. Iria impor ao irmão a sua autoridade de Mandatário. Enki seria obrigado a dizer-lhe o que fazia com apoio de um cientista como o filho, que tinha conhecimentos equivalentes aos de uma *Dama da Vida*. O jovem era um gênio.

Enlil percebeu que as ausências de Enki do Abzu estavam colocando em perigo a extração do ouro, uma revolta por ali colocaria em perigo até mesmo sua família, pois os ânimos exaltados dos astronautas-mineiros poderia extrapolar a razão e algum deles fazer um atentado contra a vida de alguém da realeza.

Com a noite de Ki chegando, Enlil acompanhado de seu Vizir, foi aos prédios dos visitantes do Abzu para passar a noite. Pretendia no dia seguinte, procurar o sobrinho e pedir explicações. Ficaria ali até que Enki voltasse de seu destino obscuro.

O irmão do Mandatário estava há muitos quilômetros dali no meio de uma floresta.

*

*Centro do continente:*

Enki como sempre fazia, andava lentamente pelo meio da floresta de forma cautelosa, sem fazer nenhum ruído.

Queria agora saber tudo sobre aquelas criaturas que há algum tempo avistara no meio da floresta. Agora vinha ali frequentemente e percebeu que o número deles aumentara.

Seu filho Ningishzidda, já sabia de seu segredo e ficara da mesma forma que o pai, surpreso e maravilhado, e disse na ocasião, ao ver os bípedes pela primeira vez:

— Pai, não estamos sós no Cosmos! — foi a expressão do jovem cientista — isso já era de se esperar pela quantidade de planetas que existem, em algum teria que haver vida, o Princípio não daria um Cosmos inteiro só para nós nibiruanos — completou o cientista Ningishzidda.

Agora ali estava Enki novamente e agora fazia isso com mais frequência, chegava a dormir dentro do shem estacionado ali próximo só para continuar a ver o que as criaturas de Ki faziam.

Nem percebia que estava negligenciando suas atribuições no Abzu.

E assim ali ficava. Observando, maravilhado, os nativos de Ki.

*

*Abzu*:

A noite estava na metade em Ki. Kingu estava em todo seu esplendor jogando sua luz por todo o Abzu.

Nas minas, os mineiros que estavam nos túneis mais profundos souberam que Enlil estava na região da extração.

— Vamos enfrentar o Mandatário — disse um deles.

Justamente um dos mais novos astronautas-mineiros, da última troca de mineiros, não suportava o Abzu e seu trabalho duro e claustrofóbico no interior dos túneis.

— Vamos — disse outro homem.

Logo vários estavam partilhando a ideia de revoltar-se; Logo eram muitos e foram subindo pelos túneis.

Eram agora, os amotinados do Abzu.

Puseram fogo em tochas. Ennugi, o oficial chefe das minas, logo na saída dos túneis tentou detê-los. Foi preso pelos amotinados que agora rumavam para o lugar que sabiam que Enlil se alojara. O prédio dos visitantes do Abzu.

Kalkal, um dos guardas do prédio, avistou os homens chegando. Agora a revolta ganhara a adesão dos outros que não estavam nas minas. Dezenas de trabalhadores amotinavam-se. As tochas reluziam na noite o fulgor e o ódio daqueles homens. O guarda ouviu seus gritos contra Enlil.

O guarda correu, fechou a enorme porta do prédio e correu para avisar Nuskur, o Vizir de Enlil.

— Senhor o prédio está cercado, os homens das minas estão por toda parte, amotinaram-se, gritam palavras de morte contra o Mandatário.

O Vizir correu para acordar Enlil e disse-lhe o que se passava.

Enlil sem perder a calma, apertou o falador de pulso.

— Ninurta.

— Quero sua presença no Abzu agora, os mineiros amotinaramse, receio que estejamos em perigo, Damkina e os filhos estão aqui.

— Estou indo.

Enlil estava cercado.

Sem que Enlil soubesse, Ningishzidda, alertado por um dos guardas do Abzu, chamou o pai por um falador. Enki que dormia dentro do shem estacionado em uma clareira, deu partida no aparelho e decolou para o Abzu.

Quando Enki chegou ainda era noite. Pousou no porto de shem e foi correndo para onde os amotinados estavam.

Não demorou e Ninurta também chegou em um Mu pilotado por outro celestial. Lançou-se da comporta em um Disco.

Desceu diretamente na frente do prédio em que Enlil estava cercado.

Alguns mineiros recuaram. Nem todos se intimidaram.

Ninurta percebeu que tinha que ser utilizada a diplomacia ali. Caso fosse tentar resolver à força poderia matar algum ou vários mineiros. Não tinha essa pretensão. A revolta tinha suas pretensões justas. Viera também para assegurar proteção ao pai e aos demais parentes.

Pediu e Kalkal abriu a porta do prédio.

Avistou o pai, sentado em um banco na área ajardinada do prédio.

Logo Kalkal veio avisar que Enki já chegara e estava vindo para o prédio acompanhado pelo filho cientista.

Assim que Enki chegou, foi hostilizado pelos mineiros, mas não intentaram contra sua integridade física.

Enki entrou no prédio com o filho.

— Vamos ver o que os amotinados querem — falou Enlil e foram todos para o lado de fora.

Já amanhecia e Apsu lançava seus primeiros raios de luz.

Enlil acompanhado por Nuskur, Enki, Ninurta e Ningishzidda, abriram a enorme porta do prédio e ficaram frente aos mineiros amotinados.

— Quem é o líder desse motim — quis saber Enlil.

Um dos amotinados respondeu:

— Não temos líder, somos todos nós os líderes.

— O que vós desejais e diga-me o motivo de tal rebelião?

O mineiro ainda sujo do trabalho nas minas falou:

— O trabalho nas minas e nos túneis é duríssimo, insuportável, e desde quando este planeta começou a aquecer, tornou-se pior.

— Entendo suas justas reivindicações, mas Nibiru depende de nós todos para sobreviver, enquanto existir a brecha, todos lá correm perigo, inclusive os parentes de todos aqui e isso inclui meu pai, o rei de Nibiru.

— Mas as condições aqui são insuportáveis, queremos máquinas nos substituindo.

— Aceito suas pretensões e vamos estudar essa alternativa, mas primeiro soltem o refém, o chefe das minas, para podermos continuar nosso diálogo.

O rebelado olhou para trás balançou a cabeça. Logo depois veio Ennugi livre das amarras.

Enki chegou próximo do irmão e disse-lhe:

— Creio ter a solução definitiva para este problema, peça um pouco de tempo aos amotinados e vamos conversar dentro do prédio por alguns momentos.

Enlil concordou.

— Peço a todos um instante apenas, vou conversar com Enki sobre uma solução para os vossos pedidos — falou Enlil aos rebeldes.

E voltaram a entrar no prédio.

Logo após fecharem a porta Enki disse a Enlil e aos demais a notícia sobre os nativos de Ki.

— Há neste planeta nativos bípedes, que Ningishzidda acredita ser possível manipular a sua árvore da vida e transformar num trabalhador, um Lulu, para ajudar nos trabalhos das minas.

Enlil, seu Vizir e Ninurta ficaram boquiabertos.

— O que dizes irmão? Que há outros humanos neste planeta além de nós?

Ninurta teve um impacto maior que o projétil que o atingira na refrega com os assassinos de Alalu.

— O quê? — disse um estupefato guerreiro.

— Sim, há uma criatura que podemos usar como trabalhador no nosso lugar, Ningishzidda e Ninhursag podem fazer essa modificação.

Enlil foi contra.

— Isso é contra o Princípio, absolutamente sou contra.

— Pai, talvez tio Enki tenha razão, podemos ganhar um tempo com esse argumento junto aos mineiros, para não parar a extração e depois acharmos uma solução melhor.

Enlil a contragosto concordou.

Se arrependeria amargamente de ter permitido tal solução.

Mas a brecha, a fuga de Alalu, a extração do ouro e agora os nativos de Ki, não eram coisas manipuláveis por uma civilização com alta tecnologia como os nibiruanos. São designios. Tudo traçado pelo Princípio.

Voltaram a conversar com os mineiros.

Aos estupefatos e assustados mineiros propuseram a solução de Enki. Ninguém acreditara muito na proposta, mas resolveram aguardar o resultado.

Voltaram aos trabalhos de extração.

O motim acabara, mas a solução encontrada custaria caro aos Annunaki.

## CAPÍTULO XIX
## SHURUPPAK - NOS JARDINS DO E.DIN

PRELÚDIO

Enki, já havia procurado Ninhursag em praticamente todos os lugares de Shuruppak nesta manhã, resolveu ir a um lugar que não tinha ido — os aposentos da *Dama da Vida*.

Um lugar que somente a ela e as filhas era permitido ir.

Mas Enki acreditava que era muito importante saber o que tinha ouvido de uma ajudante dela esta manhã.

Estava no Abzu e a meia-irmã mandara uma mensagem que Isimud lhe passara — *Venha urgente para Shuruppak, pare o que estiver fazendo.*

Mensagem assim significava mal sinal. E se não lhe passou a notícia por um falador tinha um motivo muito forte para não fazê-lo. Temia que alguém pudesse ouvir.

Suas ajudantes mais próximas já sabiam e uma delas só disse a Enki, porque fora instruída por Ninhursag a dizer-lhe.

— Quando Enki aqui chegar diga a ele que quero falar-lhe urgente, diga a ele somente *"mulheres nativas férteis"*.

Enki chegou justamente na hora que Ninhursag havia ido aos seus aposentos, descansar.

Entrou na área restrita da meia-irmã.

Quando chegou à porta do enorme quarto da mulher assustou-se.

Não que nunca tivesse visto a *Dama da Vida* fazer aquilo, mas fazer aquilo durante o meio da manhã. Devia ter tido um motivo muito forte.

Ser uma *Dama da Vida* não era uma escolha, era um Destino, a mulher designada era escolhida. A casta das Damas da Vida perduraria por milhares de rotações de Ki ao redor de Apsu.

Até depois do Dilúvio.

Um rei em busca de ser imortal, encontrou-se certa vez com uma que havia sobrevivido ao Dilúvio junto com Ziusudra – *Siduru, a taberneira*.

As Damas da Vida eram *as mulheres que tudo sabem*.

Enki ficou parado na entrada do quarto. O quarto de Ninhursag não tinha uma porta de madeira, era todo aberto. Uma exigência dela, assim poderia ouvir o que faziam as filhas no quarto ao lado.

Ninhursag estava em pé no meio do quarto e flutuava a poucos centímetros do chão. O corpo estava cercado por uma luz azul.

*Como essas mulheres conseguem fazer isso? Nunca ninguém conseguiu descobrir, só se sabe que tem a ver com a frequência vibratória corporal e o magnetismo planetário, conseguem fazer a aura corporal ficar visível, quando num estado de transe profundo* — Enki pensava a respeito da fantástica capacidades de uma *Dama da Vida* — *elas nunca falam de seus segredos.*

Apesar de já ter visto Ninhursag fazer essa meditação, que resultava na expansão da aura, tornando-a visível, achava a visão fantástica, ainda mais que ela fazia isso completamente nua.

Enki já era conhecido por querer fazer jogos de amor, com quase todas as mulheres de Nibiru e de Ki. O membro do astronauta logo ficou rijo.

Mas seria inútil tentar algo com a meia-irmã. Podia involuntariamente sentir vontade de despejar sua semente nela, mas depois do que aconteceu no Abzu, ele nunca mais a tocaria.

De repente a mulher abriu os olhos e sorriu para ele.

Foi descendo lentamente e a luz azul que envolvia seu corpo foi se apagando até sumir.

O cristal de iluminação do quarto acendeu-se.

Enki viu algo que ainda não tinha visto.

*Se o cristal acende porque percebe a presença de uma pessoa e só acendeu depois que Ninhursag saiu do transe e apagou-se a luz da aura, que significava isso? Ela em transe não emitia mais a frequência corporal? Outro mistério que nunca vou saber* — pensava o homem na frente da entrada do quarto.

A mulher foi na direção da cama e pegou suas vestes. Vestiu-se e caminhou para onde estava Enki.

— Vi que tu estavas num momento de meditação, mas nunca tinha visto fazer isso em plena manhã, significa que o que tens para dizer-me é algo muito sério para não antecipar por um falador.

— Minha aura precisava de *recarga* em razão do que hoje descobrimos.

— E o que vós descobristes irmã?

— Tu passastes muito tempo no Abzu, mas ocorreu algo que nunca esperei, na verdade havia a possibilidade de em algum momento pelas manipulações da *árvore da vida* dos nativos isso acontecer, e aconteceu.

— Aconteceu o quê?

— Uma das mulheres que nasceu há pouco tempo era fértil.

Enki parou de caminhar. Estavam num enorme corredor do prédio da *Dama da Vida*.

— Não sei por que, mas não estou gostando dessa notícia.

— E tem razão de não gostar, sabes que Adapa nasceu fértil, certo?

— Não me diga que aconteceu o que estou pensando?

— Sim, aconteceu justamente isso.

— Mas como Tu, minha cara irmã, deixastes isso acontecer? Enlil já sabe?

— Quanto à primeira pergunta, foi um deslize, deixamos Adapa conhecer as mulheres e ele se enfeitiçou justamente por ela, quanto a segunda, Enlil ainda não sabe, conseguimos esconder dele, por enquanto.

— Será questão de tempo ele saber.

— Sim ele saberá.

— E para finalizar, então, já entendi sua urgência de falar comigo, essa mulher tem a semente de Adapa?

— Sim, o ciclo de vida desses humanos é muito rápido, pelo menos na gestação, muito menor que o nosso, isso certamente influenciará o tempo de vida deles, que deverá seguir a contagem de Ki, portanto muito menor que o nosso tempo de vida.

— Compreendo, quero ver a mulher, que na verdade será mãe de um descendente meu, pois Adapa carrega minha árvore da vida.

— Sim, é verdade, venha comigo.

Enki saiu caminhando com Ninhursag.

*Demos um passo que nunca deveríamos ter feito. Criamos um trabalhador híbrido com os nativos deste planeta, mas isso agora foi acidental. Enlil e Anu ficarão furiosos* — pensava o Senhor da Terra — *que encrenca.*

Passaram por algumas salas até chegarem em uma, onde havia algumas ajudantes de Ninhursag e uma mulher que deveria ser uma *híbrida*, mas que agora carregava a semente de Adapa.

— Ninhursag essa criança, não poderá nascer.

A *Dama da Vida* virou-se para Enki e furiosa disse:

— Nessa mulher nem Anu se quisesse tocaria; jamais!

— Mulher, voltes à razão, essa criança poderá ser o início de uma avalanche de novos nativos, de novos cabeças pretas como Adapa, que também foi um desvio no nascimento dos híbridos.

— Nunca ninguém tocará nessa mulher, digo-te irmão, a concepção é dádiva do Princípio, se chegamos neste planeta por um motivo, se criamos o Lulu, se os designíos que não são nossos, nos levaram a fazer nascer criaturas com árvores da vida que modificamos por um motivo e esse motivo foi modificado pelo destino, esse destino não foi nós que o traçamos, foi o Princípio.

Enki ficou calado, sabia que a irmã tinha razão, mas nunca desejou isso, e se tinha acontecido por um acaso ou por designíos, ele nada poderia fazer e sua intenção de ir contra o nascimento de mais um cabeça preta, seria inútil, Ninhursag foi contra, ela protegeria aquele cabeça preta, como uma mãe de *dentes longos* protege seus filhotes.

E se por acaso atentasse contra a vida daquela mulher teria seus dias nesta vida terminados. Não esquecera da maldição que contra ele foi proferida e depois retirada.

Agora seria questão de tempo para Enlil saber.

A muito custo haviam escondido Adapa de Enlil, mas isso agora seria difícil, ou alguém descobriria ou uma das ajudantes diria a alguém e esse alguém diria ao Mandatário.

## *NIBIRUANO COMO EU*

O Mandatário estava com as mãos no rosto, sentado sobre os calcanhares, com os joelhos tocando a relva verde dos jardins suspensos.

Estava em Shuruppak, o centro médico do E.din e assim como em todos os outros acampamentos existiam jardins como aquele no entorno de todas as construções, tanto para embelezar, quanto para relembrar os mesmos jardins de Nibiru e diminuir a visão pálida e gelada de Ki, que atravessava uma *Era do Gelo*.

Suportando as agruras deste mundo gelado, drenando pântanos e construindo acampamentos, os nibiruanos haviam se firmado no planeta.

Com as mãos no rosto o astronauta de um planeta longínquo, começou a relembrar o que haviam feito e passado em tanto tempo neste pequenino planeta gelado e se torturava se eles haviam feito o certo de infringir o que foi ditado no Princípio. Criar outra *criatura* para ser um trabalhador no lugar dos astronautas.

Relembrou de como tudo isso começou muito e muito tempo atrás.

Chorava copiosamente com as mãos no rosto.

— Por que choras irmão?

Enlil que perdera a noção de quanto tempo estava ali chorando nos jardins do E.din, retirou a mãos do rosto ainda molhado pelas lágrimas.

E ajoelhado olhou para o homem à sua frente.

— *Adapa, aquele que veio do barro* — pensou Enlil, estava a ponto de ter um passamento, estava zonzo, amaldiçoara o irmão pelo que fizera, sabia que o que Enki tinha feito tinha sido em conluio com a *Dama da Vida*, sua meia irmã.

Certamente os gritos instintivos e irados que proferira, chamaram a atenção do homem que viera até onde ele estava.

Enlil apoiou-se nas mãos e ficou de pé.

Era muito mais alto que o homem *feito da terra*, um gigante em relação ao *cabeça preta*, Enlil tinha estatura de dois metros, Adapa, pouco mais de um metro e sessenta, mas exteriormente não havia nenhuma diferença entre os dois, somente a estatura e a cor dos cabelos — Adapa tinha cabelos pretos, nenhum nibiruano tinha cabelos pretos.

Eram semelhantes, exatamente semelhantes e ainda, o homem à sua frente falava a mesma língua.

*Falava.*

Muito diferente dos Lulus, pouco inteligentes que só faziam tarefas muito simples.

Enki e Ninhursag fizeram nascer um ser semelhante aos nibiruanos num lugar que era para ter sido somente um local de prospecção e retirada de ouro para Nibiru.

Enlil encarou raivosamente o homem e lhe respondeu:

— Por que choro não lhe diz respeito, tu sabes quem sou?

— Não — respondeu Adapa.

— Conheces Enki? — interrogou o Mandatário?

— Conheço, ele é meu pai.

A raiva de Enlil só fez aumentar.

— Quem é sua mãe? — Enlil agora queria saber de tudo.

— Minha mãe é uma nativa.

— *Meu irmão perdeu a razão totalmente* — pensou Enlil.

Enki e Ninhursag haviam feito algo gravíssimo. Não fora esse o acordo.

Desde o motim do Abzu, o acordo seria somente criar um trabalhador primitivo híbrido que fizesse somente o trabalho braçal e não se reproduzisse. E assim eles fizeram.

Mas secretamente, os dois fizeram algo que nunca deveriam ter feito.

— Sou irmão de seu pai, sou Enlil e quero ver seu pai, *homem nascido da terra*.

— Meu pai já havia me falado quem era seu irmão, me acompanhe.

Enlil estava espantado com os modos educados de Adapa, mas não simpatizava de nenhuma forma com o *homem feito do barro*.

Essa antipatia pelos humanos de Ki teria um preço terrível para os descendentes de Adapa. Que iria piorar com a dissidência dos *anjos* de Lahmu.

E passou a acompanhar Adapa que seguia à sua frente na direção de um dos prédios de pedra do complexo médico.

Mesmo com raiva do irmão e da antipatia pela criação de um ser igual a eles, ainda estava admirado com isso. Foi um feito soberbo da tecnologia dos nibiruanos.

Mas não havia gostado nem um pouco dessa inovação.

E também não sabia que utilidade esse homem traria para o projeto e objetivo dos astronautas neste planeta que era simplesmente minerar e transportar o ouro para Nibiru, somente isso. Quando a brecha fosse fechada e não se precisasse mais de ouro ele iriam embora. Era essa a intenção de Enlil. *Dele*. Mas não do Destino.

Agora enormes variáveis passariam a se ter em Ki, se esse homem fosse acompanhado no futuro de outros semelhantes e num cenário pior, se eles fossem acompanhados de mulheres férteis.

Iria cortar esse mal pela raiz. Anu deveria saber disso urgentemente e também intencionava levar os irmãos ao Conselho dos Sete.

Acreditava que eles cometeram um crime contra o Princípio.

Enlil não sabia, mas não conseguiria mais freiar o destino. Não haveria somente Adapa, mas filhos de Adapa. Começava a era dos cabeças pretas em Ki e começava também a contagem para findar o tempo dos nibiruanos em Ki.

O destino levaria os nibiruanos e cabeças pretas juntos até o Fim dos Tempos.

## CAPÍTULO XX
## 13000 ANOS APÓS O DILÚVIO

Já se podia ver a olho nu o planeta dos Annunaki e suas luas e a pequenina estrela muito próxima que irradiava uma luz branca.

— É impressão minha ou este sol é pequeno e está muito próximo do planeta e suas luas? — *perguntou* mentalmente João à Ziusudra.

Ziusudra ao invés de responder a João, *falou* para todos:

— Vocês estão vendo uma das maravilhas da Criação. Um micro sistema dentro de outro.

— Como assim? — interrompeu Guilherme sem entender — Ziusudra não ligou para a interrupção do jovem e prosseguiu.

— Um sol deste tamanho, com este planeta e suas luas são uma coisa raríssima, mesmo para um povo que já vive a astronáutica há milhares de anos como os nibiruanos e que conhecem muita coisa da Via Láctea, só se conseguiu avistar outro parecido e nada mais.

— O que ele tem de diferente? — perguntou Nefertari.

— Sei que todos vocês já estudaram o sistema solar e quais são seus planetas, isso é coisa básica para qualquer estudante. Mesmo que a humanidade tenha hoje chegado até Marte e lá instalado uma base, vocês nunca tiveram confirmação deste sistema estelar, certo?

Os três não responderam, só confirmaram com as cabeças concordando e continuaram atentos às explicações do gigante.

— Então, sendo assim, somente se supõe que poderia haver este planeta por aqui, muitos na Terra chamam de Planeta X ou o chamam corretamente de Nibiru, como os sumérios o chamavam.

— Isso até eu sabia — disse Artur sorrindo.

Guilherme completou: — Eu sou testemunha, nunca vi alguém falar tanto de sumérios, naves, pirâmides e outras coisas — e deu uma sonora gargalhada — o Heitor só fala de cavalos e o João de Annunaki e quem diria que nós acabaríamos os conhecendo em carne e osso.

— Vocês ainda vão ver coisas que *são de outro mundo* — disse misterioso, o Imortal do Dilúvio.

Não passou despercebido a João, o sentido irônico da frase *de outro mundo* dita pelo gigante.

*Será que ele já aprendeu nossas gírias* — pensou Artur — *não pode ser, assim tão rápido.*

O gigante olhou para João e sorriu.

*Mas rapaz, ele já sabe mesmo. Está lendo nossos pensamentos? Será?* — pensou João.

Ziusudra continuou:— Este micro sistema solar na verdade faz parte do sistema solar da Terra, mas ele tem particularidades, não deveria, em tese, ter vida por aqui em um lugar tão distante do Sol, o Apsu, como os Nibiruanos o chamam, mas o planeta com seu núcleo quente e essa pequenina estrela mantém a vida. A estrela mesmo sendo muito pequena tem as mesmas proporções do Sol para a Terra.

— Não entendi — disse Guilherme.

— Já ensinaram vocês que a Terra fica no que chamam de distância ideal para se ter vida, a zona habitável, isso é um equívoco. Nós, há milhares de anos andamos entre as estrelas e verificamos que há vida fora dessa zona habitável. Há diversas formas de vida fora desse limite. Isso é até justificável, os humanos da Terra ainda não dispõem de tecnologia para voar entre as estrelas como nós. Então a estrela que sustenta a vida em Nibiru é muito pequena, muito menor que o Sol, e não dá pra ser vista da terra, mas ela fica muito próxima de Nibiru, o que digamos torna Nibiru um planeta na zona habitável que conjugado com seu núcleo quente, ele é um *planeta vivo*. Sua temperatura média é de 15 graus, muito menor que a da Terra.

— Que coisa! Muito interessante! — falou Nefertari.

— Concordo — Artur emendou.

— Mas por que nenhum telescópio conseguiu confirmar a existência de Nibiru se ele tem essa estrela? Um planeta gigante e diversas luas? — quis saber Guilherme.

— Por uma coisa também muito peculiar — respondeu Ziusudra — e só a Criação poderá nos dar a resposta dessa "coisa" peculiar. Nibiru por ser muito grande oculta a estrela de ser vista da Terra, mesmo com seu movimento ao redor do Sol a cada 3600 anos, a pequenina estrela nunca é vista e a atual humanidade ainda não poderá testemunhar, pois o planeta, sua pequena estrela e suas luas só cruzarão os outros planetas daqui a quase 1600 anos.

— Pelo menos estamos vendo ele agora — sorriu Guilherme e completou — no futuro da Terra vão falar nossos nomes como falaram de Adapa, Enoque e outros.

Ziusudra e todos olharam para Guilherme ao mesmo tempo.

— É muita pretensão — disse Nefertari.

E todos riram.

A Espaçonave agora estava tão próxima de Nibiru e suas luas que podiam ser vistos em todo seu tamanho na enorme janela frontal.

# CAPÍTULO XXI
## ANJOS CONJURADOS e os CHEFES DE DEZ

### EPÍLOGO

### TEMPOS DOS DEUSES

O Mu com suas luzes reluzentes na noite escura de Ki abriu sua comporta lateral e vários homens em Discos dele desceram.

Outros que estavam ao redor de uma fogueira no alto de um monte os aguardavam

Conjuravam.

Eram *anjos de Lahmu*, haviam ludibriado o Enlace de Nippur e pousaram, ali, no topo de uma montanha, uns estavam no período de descanso dos trabalhos de Lahmu, que agora era somente uma estação dos nibiruanos, assim como a mais nova recentemente construída no lado negro de Kingu, outros tinham vindo em um Mu direto de Lahmu, sorrateiramente.

Tinham desligado o cristal de bordo e assim enganaram os homens-gir do Enlace, que não os podiam fiscalizar a partir da Nirga.

Entre eles estava Semjaza.

Os conjurados pousaram.

Os homens que estavam no chão os esperando, cumprimentaram os recém-chegados. Foram todos sentar-se ao redor da fogueira.

Semjaza, agora Líder de Lahmu, tomou a palavra:

— Todos já sabem por que os chamei aqui, tenho receio do que estamos prestes a fazer, mas padecerei sozinho o preço deste grande pecado contra o Princípio, mas não posso mais suportar.

Um dos conjuradores disse:

— Que façamos um juramento e todos nós nos comprometamos com a mútua maldição deste pecado.

Os anjos concordaram.

— Como soubemos há pouco tempo, os híbridos agora são férteis e há mulheres como as nibiruanas, todas cabeças pretas. Anu tem quatorze filhos e seis concubinas, Enki tem diversas mulheres e dizem que Adapa é seu filho, não podemos nós, ficarmos privados de companhia e praticamente presos em Lahmu e a realeza usufruir de tudo.

— Sim — concordou um dos Igigi de Lahmu.

Novos assentimentos foram resmungados entre os homens ao redor da fogueira.

— Vamos nos apossar das terrestres e levá-las conosco para outros lugares deste planeta, quando aqui viermos teremos companhia.

Por isso Enlil sempre fora contra a "solução" de Enki para o motim do Abzu, agora tudo ficaria fora do controle dos Annunaki.

Enlil iria contra tudo e contra os anjos e contra os cabeças pretas no Castigo dos Deuses, mas até lá, um longo tempo ainda se passaria.

E anjos conjurados, duzentos deles, no alto de um monte faziam com que um dos futuros possíveis desse uma guinada rumo ao Tempo dos Deuses.

Antes do amanhecer, cada grupo chefiado por um, o *Chefe de Dez*, se separou e partiu em Discos para rumos diferentes.

E aquele monte, onde anjos conjuraram-se, seria depois chamado de Monte Hermon, o *Monte do Juramento*, escrito a ferro e fogo em uma pedra.

*Escreva em uma pedra e seu escrito será eterno* – dizia-se em Nibiru.

**CONTINUA...**

# SOBRE O AUTOR

Antonio Ubirajara Bogea Umbuzeiro nasceu em Altamira, Estado do Pará, na Amazônia brasileira em 1967.

É empregado de empresa pública do Governo Brasileiro.

É casado com Tereza, tem três filhos (Junior, Pamela e Neto) e um neto (Heitor)

Made in the USA
Monee, IL
14 June 2023